风从远方来

董阿丽　著

北京日报出版社

图书在版编目（CIP）数据

风从远方来 / 董阿丽著. — 北京：北京日报出版社，2023.1
ISBN 978-7-5477-4467-3

Ⅰ.①风… Ⅱ.①董… Ⅲ.①散文集—中国—当代 Ⅳ.①I267

中国国家版本馆CIP数据核字（2023）第002098号

风从远方来

出版发行： 北京日报出版社

地　　址： 北京市东城区东单三条 8–16 号东方广场东配楼四层

邮　　编： 100005

电　　话： 发行部：（010）65255876

　　　　　　总编室：（010）65252135

印　　刷： 北京军迪印刷有限责任公司

经　　销： 各地新华书店

版　　次： 2023 年 1 月第 1 版

　　　　　　2023 年 1 月第 1 次印刷

开　　本： 710 毫米 × 1000 毫米　1/16

印　　张： 13

字　　数： 170 千字

定　　价： 59.80 元

目 录

第一章　常生欢喜心

种一亩花田在心间

从前读李太白的"举杯邀明月，对影成三人"时，总觉得画面过于清冷孤寂。如今再看，那不再是清冷，而是一种寂寞的美丽。我心即我欲，如果我愿意，月下对影的又岂止三人？可以牵花影识香，邀树影相依，与云影相聚。这，不过是心境不同，所想亦不同。

人到中年后，看到落花流水，已不再是落花无情，流水无意。花自有花的归处，凋零只是为了成全下一场花事罢了；水自有水的流向，不论流到哪里都是自己的情怀。

都说心境如天上云朵，随风聚又随风散，而我只愿在尘世间修行一颗禅定的心。

佛家有云：境随心转。我们心中混沌，看花开自然觉得它少了娇艳，听琴音也会聒噪不安，世界在眼中没有一点点光亮；我们心中欢喜，眼中的世界便开了一扇窗，随便哪里都是美景。从此，不会再伤春悲秋，四季轮转各有美好。

春天里，我撒下一把花籽，不管收获多少，得之我幸，失之我命。

如若得了一亩花田，我心雀跃。清晨的露水滴上心头，心里便丰盈无比，一日的时光如山涧中的小溪欢快地流着，就盼着暮色四合，可以坐在心灵的茅舍中，喝一杯香茶，吟诵一首古词，颇有"夜深篱落一灯明"的意境，只是不见"儿童挑促织"了。

热腾腾的仲夏，送给自己一缕清风，吹走燥热的烦恼。

夜晚听一段古曲，随琴音走入千年前的山谷，采一片流云为我遮阴，掬一池泉水为我润足，摘一朵山花为我簪发。

我赤着足，行走在繁花碧草之间，也许我会为一朵小花惊叹，也许我会对枝上鸟鸣倾心，我送给自己一片蔚蓝天空和辽阔大地，只要我愿意，可以清凉一夏。

晚秋时节，树木落了一地忧伤，拾起一片愁情，却是才下眉头，又上心头。这时，我送给自己一片欢乐，像我的影子紧紧地跟在身后。

坐在一方枯石上，一枚落叶飘飘摇摇地落在我的发梢，取下，放在手心，萎缩的叶子上文字般的脉络仍然清晰，那是生命的注解。我不再伤感，因为这样无怨无悔地零落生命才有意义。

我喜欢飘雪，却厌恶冷酷无情的天气，于是在天气恶劣的时候送自己一室阳光。

独自一人拥衾围炉，温上一壶茶，看着茶叶在壶中辗转翻腾，开出一朵朵花，那是生命之花吧！看茶煮沸，氤氲之气弥漫开来，如儿时的光阴，在满室的茶香中越来越近，只要一伸手，就能碰触到曾经稚嫩的面庞，手指一戳，我便能进入往事，追随着童年的自己。

我常常在心烦意乱时静坐，坐在超越红尘俗世外的空间，回望过去的自己，原来很多事情都可以改变模样，长出绿叶开出花朵。

心中无尘，便岁月安然，落花流水，自在随心。

心中住着一片海，那一定会有宽广的心量；心中住着一座山，那必定高远无比；心中住着一位老僧，那定是禅定睿智。而我只在心中，种下一亩花田，嗅花香，淋花雨，在滚滚红尘中能看到万事美妙，一切都是最美的结果就好。

秋山小景

几日里，雨下个不停，好不容易太阳露出了笑脸，出门一看，秋已经静悄悄地来了。

阳光扑棱棱洒下来，透过身上的薄长衫扑进怀里，身上暖暖的，仿佛刚熬煮的米粥，香气扑面。粥未入口，心已满足。

此时的心头藏着一只兴奋的猫咪，眼中所见，都是新鲜的世界。当下决定去山中走走。

山径无人。路的两边有涓涓流水，从山顶流下，遇到低洼处，又汇聚一起。沿路寻源，也不见具体出处。看着路边植被丰盈，猜想这几日雨水连连，定是青山喝饱了水，阳光一出，消化不了的雨水便随性而流。

山间的树木，在秋的蛊惑下，披上多彩的羽衣，层林尽染。

那片枫树，定是秋用妙手裁一匹夕阳，送给它做了新衣。一叶叶，一树树，一坡坡，满山都是斜阳焰火。细细地侧耳倾听，每片火红的新叶都是一段历史，那里停驻着欢快的笑声，有农人的，还有儿童的；有久远的，也有不久前的，它们洋洋洒洒散落在崎岖的山径，清脆，悠远，宛如平静的湖面，"扑通"一声投入石子，涟漪便一圈圈地荡漾开来。

银杏的白果落了一地，经过雨水的洗刷，清新的泥土将它掩埋了大半。秋风乍起，绿叶泛黄，在这风起的日子里，一树树金黄，载满秋对大地的思念，如蝶般飘洒而下。忍不住拾起一叶，看着分明的脉络，如触碰到秋天的骨骼，清奇中多了几许沉稳。

阳光照过，树影绰约，落叶枯黄。目濯空山，已是"树树皆秋色"，愈发感到秋山沉静。

站在原地，不说话，看一山的枯叶老枝，听满耳的风吹落叶，我闭目冥想，无波无澜，静成一座老山……

青山瘦了，消瘦的枝叶上，有飞鸟在树间嬉戏。一只喜鹊拖着长尾巴，立在树梢。左右观望，突然鸣叫，几枚树叶应声落地，不知是鸟鸣惊扰了叶，还是落叶惊动了鹊。

行至山顶，才发现除了果树外，多数的树种都叫不出名字，倒有些野花蓬蓬而开。

那是野菊花。小而素的白色花朵，在秋天里优雅地开放，风一掠过，淡淡的药香若有若无，清凉入心，如触到一块冰凉的美玉，又如听一曲久远处传来的琴音……花开得繁盛的还有黄色野菊花，远观近赏都有种小家碧玉的美。深黄的蕊、浅黄的花，抑或是黄的蕊、素白的花，在绿叶的映衬下，一朵朵，一簇簇，一蓬蓬，在秋山中撑起别样的景。

挽起裤脚，踩着有些颓势的草丛，采几捧野菊，放在扯起的衣襟里，回家泡茶。可以挑一个日头正好的中午，一朵一朵放在露台上，晒干。用心意煮水，将干菊花冲泡在一杯热气腾腾的水中，看着野菊花在伸展，生命便有了不一样的意义。也可采上一束，置于宽口的青瓷瓶中，每日剪枝换水，养出三分秋色。

日渐式微，携菊而归。

山下有河，上游有两三农妇在浣衣，下游是一望无边的芦花。看一眼手中野菊，不禁想起"野菊他乡酒，芦花满眼秋"的诗句。秋风吹起，芦花飞舞。

浅滩有白鹭，时而踱步在沙汀，时而隐匿在芦苇丛。每逢风起，便有几只飞起，盘旋在芦苇丛上空。

鸟影如雪，芦花似月，清澈的白在河水中流转。秋水正潺潺，白鸟鸣嘶嘶，春花秋景，醉了一片芦花。

月下识香

　　窗外的月宛如安静的少女披着一层薄纱，此刻她的心里已经装着千万人的美梦。梦中人的甜蜜在她心湖中漾起微澜，一圈又一圈，溢满整个夜空，如蜜的湖水哗哗地流向熟睡的人间。

　　裹衣出门，去庭院追逐充盈的明月，任月光在心中播撒一颗好奇的种子，随着一地斑驳的光影不停地浮动。

　　夜晚在浓浓的草木香中沉沉地睡着。

　　微风送来一片清凉，吹醒了浅睡的草叶。几只夏虫刚刚还在做梦，清风一来，美梦碎了一地，这会儿正随着风起，在草叶间忽闪忽闪地荡着秋千。草堆中有几只顽皮的蛐蛐儿，扑棱着羽翅跳上这丛草，蹦进那片叶上追寻草儿的清香，仿佛那是清爽可人的伴侣，又是滋养灵魂的良药。凌晨的露水也贪恋草木的香气，早早地在叶芽上安睡。

　　在休憩的长椅上，我嗅到木的香气，好像一位侍者，从日光倾城的午后策马奔来，为我献上一杯温热的茶水。在月光如银的夜里，伴着若有若无的香，邀上月光，陪我一饮而下。

陷在树影中的身体，倚靠在宽大的木椅上，刚刚坐定便迎来清风传递的消息，满架的蔷薇早已悄然开放。浓郁的香气穿过青砖花墙，慢慢走来，在素白的衣衫上安家。挥一挥衣袖，香气就在亦步亦趋间流转。晚风撩拨起我的青丝，挽一挽乱发，一束花香便簪在发间。

月影落了满地，惊起一堆如烟的往事。那是白衣胜雪的少年，牵着十里浓香穿越时光来相会；那是溪边浣纱的女子，在漫漫如水的花香中，深嗅出过往光阴的幽香。

将熟的葡萄藤痴缠着花朵，你中有我，我中有你，仿佛紧紧相拥的一双人。藤蔓上残留的花香，游荡在苍穹之中，寻寻觅觅，找寻一间安睡的处所。于是，在月光下，树影里，长椅上，衣衫中都暗暗染满花香的希冀。

晓风拂月色，树影摇花香，夜晚的美景，只需看一眼，只需闻一闻，便已深深沉醉。

坐在一方花影里，周身弥漫着香气，熟悉的花香与果木，在月光的笼罩下，别有一番滋味。张开双手，微闭双目，任夜风吹拂，满满的香气扑入怀中，仿佛一只兴奋的小鹿，被我抱起，担心它受惊，又怕它过于活泼，紧紧地拥在怀中，藏于衣内，方能护它周全。

穿过清凉的月色，绕过树影，小心地躲过微风，回到屋里。慢慢地把怀中的香气藏在书中，此刻犹如在一池平静的墨湖中滴入一滴香。瞬间，高冷的墨色便在香气的绕指柔中土崩瓦解，细碎的墨迹染了不落痕迹的温柔，一寸寸占据文字的领域。

墨如一位睿智的长者，在落笔生花的文字中，穿过千年的记忆，寻找心灵的住所。在一个字、一缕香里，我渐渐读懂了墨的前世和今生……

冷冷的雨，淡淡地愁

细雨如针，飘飘而下，多情的雨丝急迫地亲吻着大地。那刻的虔诚，是世间的芸芸众生对佛的礼拜。

清晨的慵懒，在雨打窗棂中渐渐远去。酥手挽帘，倚窗远眺，窗外雾气升起，远山似有还无。高山上的积雪还没完全消融，裸露的墨褐山色在迷蒙的空气中时隐时现。此时的初冬，仿佛是丹青妙手笔下的一幅意境深远的墨色山水。

灰蒙蒙的天空下，屋顶上的一块块深色瓦砾如同鱼儿游走在幢幢房屋之上，黄褐色的墙壁像秋日清晨的树叶，不再清新和通透，沧桑地诉说着这一年的故事，泥泞的道路被雨水冲刷得干干净净。

街道上的梧桐尽情享受雨丝的冰冷，单薄的枝干把残留的几枚枯叶唤醒，跳起冬天里的最后一支舞蹈——细雨淋湿了叶的衣裳，还未道声再见，就直直地落下，似乎要急切地回到自己的归宿，紧紧地拥抱着土地。

北方的冬月，是雪的天堂。今日的雨，有些不合时宜，一会儿风起，路面结冰，易滑难行，绵绵细雨瞬间成为一场让人忧愁的冻雨。

这样的天气里，情绪总是被阴郁左右，往事不经意间涌上心头。从前的玲珑少年一转眼不见了踪影，白衣胜雪的衣衫上染了浓重的色彩，不知不觉走进生命的冬季，岁月在你我眼眸中留下经年的沧桑。

与友人相聚在热闹繁华之地，往来行人匆忙而行，宽阔之地略显拥挤。寻一方安静处所，心中不觉感慨良多。回望一眼红尘，惊觉时已过午，命已过半。指缝终究太宽，握不住如沙的光阴，心中只是填满一段又一段回不去的遗憾。心已潮湿，如飘落的梧桐树叶，承受不住太多的负累，倏然而落。是心思太重，还是生命太轻？人生终究载不动许多忧愁。

走在雨里，寒气逼人，雨丝顺着裸露的肌肤滴进脖颈，身体乍寒，头脑瞬间清醒。雨丝凉薄，惊醒一片久违的时光。望着好友走远的背影，潮湿的心里莫名地孤单。我慢慢地踱着步，看深深浅浅的水洼里倒映着初上的灯影，那里蓄满一池的时光，真想偷偷地舀上一瓢，痛快地淋在身上。看时光中的自己，尽情地洒下热血，抛下所有的负累，然后孤单地老去，做一枚雨中枯叶，飘飘然落地。

暮色将晚，人们匆匆归家，柔黄色的路灯映出虚虚实实的身躯，似精灵般飞舞，直到消失不见。

入夜了，雨还在淅淅沥沥下个不停，风起时吹皱了刚刚平息的心湖。索性不去想，只是静静地，静静地听"嗒嗒"的雨声在耳边响起。

声声雨落叩在心头，把一路的风尘，颠簸的过往，埋藏在泛黄的记忆深处。岁月的年轮，不必执着，既已深埋，何须挂念！其实老了不过是心境而已！

一声叹息不过是一时感慨，一程风雨不过是一次修行，一段时光不过是一场相逢。余生还长，何必庸人自扰！伴着雨丝轻浅的节奏，枕着淡淡的时光，微笑入眠，只愿一夜无梦！

玉兰染墨香满园

我在巷尾的拐角处遇见几株玉兰，那是我第一次结识她，从此情根深种，每个冬冷已去乍暖还寒的日子，我都心心念念，只为重见她的风采。

春风无影，绿叶微踪，她已静静地吐露出芬芳。一片两片的嫩叶托着椭圆素美的花瓣，一朵，两朵，三朵……在校园的墙外，踏着栅栏入园。素白的、粉紫的硕大花瓣清幽恬淡，阵阵清香洒满校园小径，往来的孩童在花香中嬉戏，笑声更胜从前，花香也浓过旧日。

除此，她便是每日取上几许清风，携来半声燕鸣，伴着阵阵童音，守住这年年青春，岁岁华光。

她是恬淡的，孑然一身，无世间浮华，烟火风尘。她是汉水之畔走来的游女，绝世而立，不可求思。俗世的烟火，会亵渎她的清幽，染了她的圣洁，唯有栖身在这片花树下，沐浴她的幽香，躲进她的花影里才算安然。

这时，我希望自己是树下的枯石，卧在她的脚边，即使她枝丫高挑，绿叶稀疏，我仍旧不惧树下无荫，只要一抬头，能望见满树静美就知足。

她是孤寂的。山间迎春花儿开得正盛，热热闹闹地伸枝展叶；路边野草绿得正浓，萋萋然地昂头挺胸；堤上春柳冒着鹅黄，摇摇摆摆地吸收吐纳。早春的热闹，是草木暗自发力，争抢着做春日的新宠。在熹光微浅中，不经意间总能看到一地浓绿一袭红妆，耳边绕着声声鸟鸣。她漠不关心，红尘中的烟尘喧嚣不会入耳，金戈铁马亦难在心。

她，心向蓝天，肩倚流云，眼望远山，耳听童声就满足。

我笑她痴。从叶落走到红妆，过四季，趟冷风，蓄满一身能量，一个转身，冷风还未走远，她就匆匆地绽放。直到不久后的某日，她呼吸着空中浓浓的春意，笑看蓝天流云，在枯萎的眼眸中留下最后的记忆。

该称赞她有冷眉傲骨的心气，不染尘世风霜吗？或是该可怜她孑然一身幸福自得？或许她静静地赶赴春约，只为自己的无悔，绽放时幸福，凋零时也是幸福。

她是清高的，不惊不扰，不喜不忧。不管风霜雨雪，旧土新泥，只静默不语。把枝头的幽香洒满校园，洒向书里，洒进每一字中，这样字中便含着香，香中浸染了墨，读起一段文字来，香气便沁人心脾，久久不忘。

天色微醺时，最后一批孩童已归家。夜色浓了，清风柔了，她的素白面庞淡雅了许多，如此柔美安静，是"霓裳片片晚妆新"吧！月下花影，恬静安然，片片温情，明月生辉。

我摘下一枝素白的玉兰，插在古朴的瓶中，想留住她清幽的风姿。取下一片花瓣，夹在线装的古书中，就让她走在千年前的路上，代我看一看诗经里的河之小洲，汉水之畔吧！

采几许光阴，书一纸年华

住在一段光阴里，踏遍千山，寻遍万水，找一方合心意的土壤，种下一粒修行的种子，看它在红尘中慢慢发芽，渐渐长大。再建心仪已久的小屋，茅为屋顶，芦为墙壁，花为篱笆，终日与草木相邻，花鸟为伍。

清晨的第一声鸟鸣，落在地上的刹那，空气中的精灵便应声而起。野花采来晨露，洒在我的衣角；溪水送来清凉，梳洗我的发梢；树枝摇来晨光，照在我的脸庞。今日的阳光不刺眼，不张扬，照在心上，暖意融融，像一只温暖的手穿过泛黄的往事，翻开一页页往来的片段。这时，再温一壶时间酿成的老酒，等杏花雨落，飞入一帧帧回忆。

花瓣铺满小路，陈旧的往事沾染了香气，幽香阵阵。于是，独坐树下，随意小酌，回忆起光阴几许，其中一半馨香，一半沉醉，平平淡淡的小事也有了不同的余味。

夜晚，推开那扇雕满花影的小轩窗，邀来明月为上宾，清风为主客，阵阵花香不请自来。我执丝竹，风执日月，花儿善舞，夜虫低鸣，在这样的清夜之中，弹奏出一曲流年，一曲离愁，曲声悠长，流淌在树的左右，花的身旁。用纤纤素手弹一曲动人的宫羽，映在窗前，送给夏夜里灵动的星斗，送给半空中飞起的流萤，送给夜里晚归的路人。

日子就这样过着过着开出一朵花，结出一粒果。

走进一处风景里，一棵老树长满故事。每逢风起，会咿咿呀呀讲给身边的青草听，讲着讲着，就醉倒了一片，只留下草叶上的虫儿在欢腾地跳舞。一片花田开满绚烂的花朵，阳光下，如日暮的海面闪着点点霞光，晃着空中白云的眼睛，即使清风阵阵，也好久回不过神来。

走到一潭溪水旁，清澈见底，以水为镜，蓦然发现时光的小河在脸庞流淌，誊刻上经年的沧桑。此刻的我，想化作一朵落花在溪水里独自流浪，却引得鱼儿纷纷衔来花影，竞相逐梦。它们不知道，其实我只是要抓一把细碎的光阴放在生命的唇齿间咀嚼。

这里远山如黛，树木葳蕤，苍穹之下刻着草木的欢喜，流云的洒脱。

在安静时燃起一枚心字香，打开一本书在悠悠时光中煮字焚文。整齐的书桌上放上一杯刚刚沏好的菊花茶，看菊花在茶汤中慢慢沉沦。丝丝缕缕氤氲的雾气，听着阳光的故事，在温暖中一点点升起，这时候，执起一枝光阴的素笔，用心作纸，认真书写流年时光，而此时，心字香已成灰。

半日清闲半日悠

不知不觉中，在这小小的公园里已悠哉地过了半日。

园中有山，选择山的一角，沿着一条蜿蜒盘旋的石阶小路慢慢走。一路上的人断断续续，仨俩相伴，不急不缓，徐徐地走在春光中。走累了，坐在路边的亭子里，从口袋里摸出擦汗的帕子，轻拭着脸庞的微汗，享受地吹吹山风，看看山花，一路走来倒也不觉得累。

偶尔瞥见无忧无虑的杏花，向着行人轻舞着花瓣，仿佛晨光中走来的少女，罩着一身白纱，睡眼蒙眬。可是她稍不留神，摇晃掉一枚花瓣在行人身上，洁白如空中飞鸟的羽毛，不染半缕尘埃。于是她把青丝垂于胸前，把心事藏在牡丹团扇里。她轻轻地推开闺阁轩窗，清风自来，吹起了缕缕发丝，飘逸如仙。把一地往事交于落花，一份闲情付于流水，将安闲细细地描入眉间，再把快乐画进唇角，一日的时光当成一辈子细细地品，慢慢地过。

春天的鸟儿最是欢快，六一居士有言，"始知锁向金笼听，不及林间自在啼"，它们从这棵树的树梢跳到另一棵树的叶子上，叽叽喳喳引来一群同伴。温和的阳光洒在密密的林子里，细碎的光亮在叶影中摇晃，忽明亮，忽暗淡。低头一瞧，斑驳的地面上，印着一只鸟儿衔着树叶的影子。小鸟不曾想到，这不经意的小小动作，会烙在春天的篇章里，成为一个字或一个标点符号。

在两级石阶中间，发现一小撮绿色的苔藓。上级的石阶遮挡住日光的照射，成就了一方小小的天地，那里盛放着苔藓的青春，它们正独自绽放。走着走着，就走到了一阶苔痕绿，一段草色青中……

清风送一路花香，闲云落一树鸟鸣，这样的路上，只一个人走，不累也不寂寞。

踏着千百人走过的石阶，偷偷听一颗小石子的记忆：一个女娃娃在父母的牵领下，第一次跌跌撞撞走上这条路，兴奋地直拍手；一位耄耋老者在家人的搀扶中，爬上半山腰，坐在台阶上休息，抓一把新鲜的泥土，在手中摩挲；一对热恋中的情侣，手牵手在路上窃窃私语，生怕自己的悄悄话被山花听了去……路过的人很多，他们不会知道，自己的某个动作将会成为石子和土地的一段铭心的记忆。

山下是一片宽阔的广场，游玩的行人都上山了，广场上很是空旷。一位老者在平坦的地面上挥毫泼墨，吸引了几位围观者。一把自制的拖把，状如笔端，一桶清水润笔，双手拿起拖把，身体仿佛穿梭在天地间，浓重的顿笔落在石板上，溅起数位观者的叫好声一片，一个龙飞凤舞的汉字便落在石板的脑海里。

水墨之间，浓淡相宜。阳光洒下来，清风偷偷地带走了字的一撇，鸟儿轻轻地衔走了字的一捺，把它们藏在春天的角落，只等杨来洒花，柳来吹笛。或者阳光牵起字的衣角，把它抛上蓝天，只要你一抬头，就能看到它在空中朝你露出笑脸，映红了半边天。

月下听涛

星光点缀着夜空，像深邃时光中拾起的记忆之花，幽暗中散发着光芒，照亮脚下的路。

银月如雪，坠落满地的白，俨然一段透迤的往事，打开一道厚重的门。

树影在风中摇曳，沙滩在月下安睡。海浪载着星月的光芒一下下扑打沙滩，像歌女低声浅吟的曲调，落在心上，留也留不住。

身后的沙滩上留下一串深深浅浅的足迹，轻盈的海水涌来，瞬间抹平了所有，仿佛沙滩从来都是白纸一张。

孩子的笑拥抱着海洋，海浪奏起欢歌。老人用低吟换取一束浪花，别在微湿的衣襟。恋人的耳语落入海面，海浪兴奋地奔赴岸边，在暗黑的礁石上涌起了成堆的浪花。

海鸥没有了白日的活泼，在墨色中不见声响，它寻得了一方岩间石罅或树枝草丛，在涛声中自得宁静。

岸边的礁石肃穆庄严，像打坐的僧侣在月下冥想，思绪任由月色掌管，忽而如叶落，忽而凉风起。

月下听涛，别有一番闲情。

一重重浪花吞没了喧嚣，屏蔽了所有声响，围囿出一片天地。我闭上眼，任海风吹过长发，放逐心灵在浪花中沉浮。

深沉而澎湃的海浪，是从远方放牧而归的马群，任意驰骋在广袤的领地；是大海在世间行走的脚步，恭敬虔诚地默默修行。

海浪奔涌而来，裸露的双脚接受浪花的洗礼，它轻轻地吻过脚背，像母亲的手轻柔抚过，一寸一寸攻占心灵的城池。心爱的长裙被浪花打湿，那是海浪镌刻的祝福。沙滩张开臂弯，拥抱浪花的旖旎。心跳在浪花中渐渐平静，仿佛祖母口中的安睡曲喃喃地吟唱了一整晚。

散落在浪涛中的心事，月光下泛着点点滴滴的白，如一树鸟雀瞬间冲入天际，眼前只留下斑驳的影子。藏在月光下的精灵，波涛里掘出生生世世的缘，将古老的故事在月下演绎，一张张面庞在涛声中生动。

远航的渔船在大海中漂泊，成为简简单单的月下剪影。海浪拍打着船舷，一声高过一声，誓将寂寞的灵魂摆渡。

沙子在脚下流逝，那是时间流淌的脚步，在光阴中烙下虚无的痕；更是生命真实的质地，看不到，摸不着。

生命的阵痛从未在此刻如此敏感，兴盛与衰老是如此接近。上一秒是青春少年，下一秒已成耄耋白头；前一声是清脆悠扬，后一声已成一声叹息。时间在流淌，心脏在苍老。

安静的月色下，听涛是一种享受，更是一种心痛。

清辉洒满衣衫，月光拂过眼眸，我要站在沙砾流失的海滩，等东方升起启明星……

闲窗小记

读过清代吴伟业的"闲窗听雨摊诗卷，独树看云上啸台"，顿觉窗下听雨声，双手摊诗卷别有一番意境。

喜欢在檐下窗前观景。比如北方的春季，此时的雨最温柔，它常常不请自来，轻叩闲窗。

远山在雨的滋润中变换着面貌，前几日还是枯草瘦柳，过几日再看，已是垂柳生烟，草木葱郁。

雾是春的信使。从窗口望去，春雨还未消，它便在山谷中弥漫开来，漫过树木，漫过青草，漫过初生的春水。

大地卷起清冷的珠帘，铺上绿色的幕布。人们在宽广无垠的土地上播下喜悦的种子，笑脸映着苏醒的泥土，檐下的风铃摇来植物开花的声音。

这扇闲窗，可以观赏窗外的景，更能品读自己的心。

在空闲的时候，轻吟一首古诗。当诗句从口中如溪水般流出，我已跟随诗人的脚步上路。去观山玩水，看轻风揽月；可听《诗经》，可吟宋词；可在闹市看繁华，可于山野听鸟鸣。

有时候觉得诗是一壶香醇的老酒，常偷偷把我灌醉；诗是一串跳动的音符，让我平淡的日子有了生机；它更像一首经典的老歌，余韵悠长，内心平静无澜。

当世间所有的色彩如锦绣般铺开，夏天便悄无声息地来了。

推开窗子，所有的鲜艳跳入眼中，空气中弥漫着草木花田的香气，瞬间激活捆绑的心魂，急切地想走一走野草蓬蓬的小径。

每日踏着晨露，从山间采一怀野花，放在窗下的木桌上，取一敞口的青瓷瓶，注上清水，把花朵依次插入，不修不剪，存十分山野气，养出半分的素朴。

从温柔的浅夏坐到深沉的仲夏，看百花静静开，闻香气袅袅升，听风抚瑶琴，云吹柳笛。

午后的阳光穿过窗棂，洒在桌上的玻璃杯上。透过斑驳的光影，看窗外的一棵银杏树，金色染黄了流年。

桌上铺开浅黄的宣纸，焚一炉檀香，研一方墨，以温柔的笔触书写一汪流淌的心绪。

或者向飞鸟借一声鸟鸣，向草木取一件衣裳，调上些生活的韵律，描绘出一幅鸟语花香的世外桃源。

最喜欢飘雪的日子。倚窗远望，雪花降落人间，地上便开满了冬季的富贵花。

这时候最适合三五好友，坐拥围炉，品绿蚁新酒。火炉点燃了情谊，如一首青春的协奏曲，跳动的节拍随着火苗飞舞。

知己不过三五人，常闲话桑麻谈古论今。兴趣只有两三种，读书写字观风景。

白日里，用低到尘埃的姿态看一件事、一朵花、一棵草或一粒尘，观察事物的形态，洞察它们的心意，细细体味人生百态。

暮色浓，邀月光窗前坐。借着银辉洒满大地，一枝疏影映上花墙，零星草木，在夜色中蹁跹起舞。

当清脆的蛩鸣爬上窗台，调子里唱着平静和自在，在这扇闲窗下，内心无比轻松……

一轮明月入梦来

夜半，轻柔的月光将我摇醒，睁开眼，看窗前薄纱中静静的月影，一半写着思念，一半写着寂寞。

最爱这一轮清月。常常在无眠的夜晚，牵来清风一缕，月光半匹，用细细的针脚织成幽幽的一帘清梦。

在某个柔风拂面的夜晚，让秋虫为我引路，流萤为我提灯，踏着半卷词画走进悠悠长梦……

这是一片清净之地。此时倦鸟归巢，树影婆娑，只有一池湖水，盛满明月的思绪，在清泠的湖光中泛着微微的涟漪。

坐于卧石上，明月的清辉流淌在身上，为我披一身白衣。湖边的三两树影沙沙声起，为我吟一阕古词，声音悠远低沉，穿越漫长的时空叩响在前世的三生石上，寻觅着生命的韵味。

林间有竹，取一枝为笛，吹奏一曲曲优美的韵律。长笛声起，湖色激滟，明月羞红碧波的脸庞；疏影斜枝，暗香在悄悄浮动；倦鸟惊起，敛羽立在巢边倾听。

只有月色把忧愁照亮，为我寻来一把花香。晚风轻舞我的衣袂，流萤送我点点星光，蚤虫为我低声细语，吟唱出一曲曲愁绪。

　　我用花香种下思念，掬一把月色浇灌，在夜晚的月光下，一寸一寸地生长，直到为我引来凉风，遮蔽雨雪，那时便唤来鸟鸣做伴，花影为邻。我化身为藤，痴绕上树枝，取一片绿叶，把心曲谱满，让鸟儿衔走，飞过山高水长，送到心上人身边。

　　或者，我只静静坐着，听老树说上一段陈年故事，故事里的动人情节缠住我的孤独，缓缓的一个转折，便化解了我长长的寂寥。还可以听一听倦鸟的鼾声，轻轻一声呼吸便惊醒了沉睡的野花。

　　也许，我会在月下独酌。以草木为席，用卧石当桌，取竹筒为盏，采遍花间凝露，又将相思斟满，独饮到半酣微醉，倚靠在树下，吟唱一遍遍不成调的寂寞，直到月落树梢，鸟将出巢。

　　我也会月下泛舟。将所有思绪装满小舟，如有剩余，打包后交予流萤，让它们任取一角紧紧牵起，跟随我的小舟，用时间的木桨把心湖搅动。而我立于舟上，任由小舟穿梭在奔腾的江湖。

　　小舟乏了，可以寻一处小桥流水的古村，停靠在写满诗句的柳条下，将一身风尘，安放在岸边石板的青苔上。歇上一歇，用潺潺流水洗去满身的疲惫，然后饮一壶盛放安然的老酒，醉卧在华美的梦里。

常生欢喜心，步步有清风

有人把生活比作战场，只要上了场，要么英勇杀敌，不胜不归；要么兵败垂成，偷偷地在角落里舔舐伤口。更多人已经在生活中麻木，无法感知生活的美好，遇事优柔寡断，愁思常起，心自难消。

常常因为一件事，甚至他人的一句话而耿耿于怀，几日里都愁眉不展，夜不能寐，把自己折腾得不像话。每有风吹草动，必会伤春悲秋，常叹日月，一语不甚三秋悲。

看风吹梨花，便有一抹愁云蹙眉头。感叹花开几日，容颜已旧，想起命运无常，将自己挤进逼仄的墙角。

听箫声离曲，泪水便会在眼窝中打转。人如浮萍，飘在人生的河流里，哪里是终点，哪里是出处，遍寻不到。

多年后，走过了人生的大半段路，经历了生活的种种蹉躏，才突然顿悟：从前的日子，每一天都好辛苦。人生如手中沙，正从指缝间缓缓流走，再不认真度过每日，便真的蹉跎了岁月。

生活中不尽是锅碗瓢盆的烟火日子，人生路上也不尽是凄风苦雨的泥泞不堪。有低谷就有高峰，有沟壑就有坦途，将漫长的光阴修改，朝着自己喜欢的方向，一点点打磨出心中钟情的样子。

远离那些计较、欲望、得失，不去理会那些纷扰、恩怨、纠葛，放下愁恨、嫉妒，让一切归于宁静，在余下的日子里静静修禅。

心境转变，看落花能生欢喜，听离歌能品味真情。

正如在夜晚看一朵花开放。当娇黄的花蕊挑起萤火虫的明灯，一路风光，便会生出无限的诗意……

此刻露珠在眼中打转，星光在耳边轻唱，静谧的夜，蟋蟀在墙角的水瓮旁清脆地叫着。这样的夜色，今日得见，心中欢喜。

或者随一朵云浪迹天涯，在山边耕田，在水中插秧，常常躲在风里看落日，栖在树梢迎倦鸟。风声在身上烙下印迹，雨滴在胸口流淌柔情，在汹涌的云海，看暮色染红流年，看星辰缀满大地。

香山居士有诗曰："蜗牛角上争何事？石火光中寄此身。随富随贫且欢乐，不开口笑是痴人。"人生短暂，世间万物皆美好。

常生欢喜心，处事不纠结，做人不较真。淡看闲云胜山水，挥洒流金惜日月，如此人生，才能自在平静，步步清风。

喜欢花，撒下一捧花籽，种满院中一垄垄土地；喜欢月，选一清风明月夜，独坐石阶，任月色浇衣；喜欢歌，放歌一曲，唱断咫尺天涯路。

明了世事无常，努力把生活过成自己想要的模样，将瘦弱的时光变成丰腴的诗。在安静闲适中，用欢喜心度过每一分每一秒。用心去享受生活，感知万物。

花开花落，日出日暮，在一片落叶中感知未来，在一本书中相逢知己。在寒冬中品出娴静的滋味，处酷暑自得一片清凉，心若欢喜，万事皆安。

人生是修行的道场，有风霜雨雪，必有彩虹初霁；有泥泞沼泽，必有宽阔坦途。在顺境中守望，在逆境中漂泊，随遇而安，常生欢喜，便会安然自得。

杏花雨落深闭门

此刻温柔的风吹走我沉闷的心情，牵起我的衣角大大方方地走在春光深处。

茫茫苍穹下，春风摇铃，唤醒漫山的草木。它们迫不及待地破土而出，如同被魔术师施了魔法，素白的花、粉红的朵、油绿的草匆匆地占满山坡，沸沸扬扬，一路向西淹没了山坡的尽头。

潺潺的溪水携着春奔向山谷深处，尘封了一个冬季，它的热情在此刻苏醒，一路奔腾一路狂歌。一阶苔藓听见它的歌声，第一个醒来，摇一摇桎梏在身上的旧衣，轻轻松松地露出绿色的身影。

林中的鸟鸣落满了山谷，树木的枝条已经苏醒，它们疏松筋骨，摇落残叶；自在的流云，匆忙换上华服，盛装出行；轻柔的春风，吹遍山谷中的每处角落，逍遥自在。鸟鸣落空山，好不热闹。

堤上杨柳堆烟，空中莺歌燕舞，山间溪流淙淙，时光浅浅，春日融融。

檐角下的鸟巢，有些破旧，三两只南归的燕子挤在檐下的老杏树上，时而啾啾私语，时而轻声呢喃。没过多久，它们如勤快的农人，衔来棵棵草叶，抓来一寸寸泥巴，用涎水和之……几天后，一垒全新的鸟巢出现在眼前。

清晨，人还在春眠，燕子已经在窗外叽喳细语。我推开窗牖，一股淡淡幽香从远方赶来，和我撞了满怀。老树在一夜间回春，开满一树杏花，淡然清丽，仿佛一群身着芙蓉罗衫、月白纱裙的花仙，被清晨的一缕微风唤起，纷纷束起罗帐，对镜梳妆。有些杏花欲语还休，如躲在屏风后的女子，轻轻地转身，眼中留下一抹倩影，空气中飘着淡淡的幽香。古拙朴实的树枝盛放着一树的青春，一朵朵花在晨光的加持下倚风浅笑，鲜活雀跃。

一畦春韭从冬季赶来，发着嫩芽，绿得正好；几丛月季叶上闪着晶莹的露珠，照见凡尘的第一缕烟火；竹篱上攀爬着淡蓝色的喇叭花，"滴滴答答"吹响清晨的花开。杏花、喇叭次第开放的声音吸引来清风入院，一阵风起，一场花开，都是春天最美的印记。

坐在老杏树下的石阶上，手握一卷最美的诗词，此刻春风送暖，流云遮阳，读着读着，就走进一段安静的时光中……周身馨香围绕，鸟雀安然。

一枚花瓣掉落在一页书中，我在鼻下深嗅，一股清香便入了心神。须臾间，一阵风起，如一声号令，花瓣如雨纷纷飘落。书中，石阶上，泥土里，落英缤纷，像楚楚可怜的少女掉落的一滴滴泪珠，"吧嗒"一声落地开成了花朵。

落花在空中为自己短暂的生命飘舞，在泥土里为自己瞬间的美丽咏叹，一刹那的身影成了我眼中的永恒。

我经历了一场荼蘼花开，转眼又沐浴在一场花雨，花开花落，前后不过数日，却看尽杏花的一生。匆匆关上那扇半敞的篱门，坐在落花的时光中，不去管落花飘落了。

春已深，夏风来，我只静静地听杏花落下的声音。

闲看落花暮看云

立秋后的清晨，第一声虫鸣落在梦里，长长的调子，扰乱了美梦的篇章。

挽起纱帘，推开窗，秋便如莽撞的少年闯进怀中，你正措手不及，他已安然入座，倒应了那句"是夕凉飚起，闲境入幽情"。

探头望向楼下的小园子，槿花尚在熟睡，蜀葵半披着红装，月季紧闭着双目，裸露的泥土上浮着零星落红，一片凉意从脚底升起。还没来得及品味浓夏，秋已悄悄来临。

踏着麻鞋，踩在松软的泥土上，与草木的味道不期而遇。浓浓的草香驾着骏马从草原奔来，霸道地攻占了鼻子。昨日黄昏清理过草坪，遗留下来的草汁掠夺了清晨的空气。此时鲜花还未醒，它便有些扬扬得意了，似乎它与花香之间的决战，已是胜券在握。

园边有几棵被遗忘的狗尾巴草，叶片上驮着晶莹的晨露，在初升的曦光中，剔透玲珑，宛如盛满夜晚对白昼的思念。那是离人们最苦涩的相思，仿佛我在天涯等你，你从海角马不停蹄地赶来。在等待的漫长时光中，我耗尽所有的心血，魂飞魄散时，留一缕游思嵌入你归来的眉心，从此露珠如眉心，念你，便闪亮。而不知情的草叶还在离人的深情中摇啊摇……

土地上的落红是仲夏的小情绪，日子一天比一天凉爽，夏花一日比一日萎靡，盛极葳蕤的夏怎能容忍？于是，思虑成疾。败局已定，落英缤纷，枝叶慢慢黄，仲夏老了容颜，一日一日，在不甘中逐渐沉浮，如满地落花，经风历雨，然后在泥土中涅槃重生。

此时的心绪与茶最是相配。

夹一小撮绿茶入壶，将沸水倒入。看茶叶张开怀抱，茶汤便有了颜色。那壶清淡的茶汤是厚重的史书，斟茶一杯，便是打开一书，从苦涩的扉页品鉴到最后的封底，回味悠长。心境如茶叶般舒缓，周身也萦绕着茶香，挥不去也摆不脱。

恍惚间，一曲琴音飘来，如天宫中玉盘珠落，声声清脆；又如下凡仙子，立于嵯峨山巅，拨动怀中弦柱，瞬时乐声滚滚，敲窗入户。曲调起伏，闻此音，人微醺，花失色，周身的疲惫渐渐消散，心神皆安。

琴音停了好久，耳朵还没有醒来，天空的流云又牵住了眼睛。一团团白云被蓝天放牧在各个角落，闲散地依着自己的审美，为山顶戴上草帽，为山腰缠上玉带，还不忘随风起舞，在天空的幕布上蹁跹舞动腰肢，惊呆了一众飞鸟。这样的云海，处处让人迷恋。

日渐西沉，时间在前行中流逝。

抬眸望见斜阳，霞光一点点漫过天的尽头。霎时，天边似烛，燃起等待千年的篝火，开启暮光的幻灭。

落日中有身影在路上奔跑，听不清脚底的沙石沙沙作响，也看不见花瓣在晚霞中沉沦。母亲的呼唤从炊烟中传来，归家的脚步越来越近，越来越急……看，林间一群健硕的牛羊也趁着暮色踏上归途。

夜晚正匆匆赶来。一轮硕大的圆盘落日，在海鸥的惊呼声中沉沉入海，它的遗憾与荣辱随之消失，宛若从来没有路过世间。

　　灯光在居处亮起，夜渐渐浓了。风吹花落，草木安睡，园子两边的烟柳也已成堆。

第二章　这世界那么多人

何以解忧　唯有读书

生活在世上，琐事太多，烦恼总会来侵扰你，如夏之蝇蚊，暮之雾霭，赶不走，驱不散，任它在心上打着千千结，系着死疙瘩。

女人常说"包治百病"，可以治烦闷；男人说没有吞云吐雾解决不了的问题。到最后，失了金钱，伤了健康，烦恼和忧愁一点没少。它岿然在那里，等着你回眸的瞬间攻下你的心城，掠夺你的心田。

悲催，悲催！这道恼人的坎什么时候能过去呢？

都说开卷有益。此时，我最常做的便是独自在安静的环境里，或坐或倚，手捧书卷，默默地读一本书。时间久了，心会渐渐安静。心静眼明，看问题的角度大有不同，烦恼自然不攻自破。

自从我抛弃电视，亲近书本，七岁的女儿也效仿一二，夜晚临睡必要看上一段书中故事才能睡得香甜。那日无意中听了她和新结识的朋友对话："你有偶像吗？"

"这个，好像没有……"

"我有，我的偶像是我妈妈。"言语间是满满的骄傲。

当时的我感动又惊奇，这么平凡的我还能荣登偶像的宝座？细问之下才得知，我随口讲起的小故事或小作文，竟引得孩子打心眼里的崇拜。本来只想让自己内心丰盈安定，竟意外收获了一个小迷妹。看样子，要想不被这鬼灵精怪的小妮子难倒，还要多啃几本书。

北宋的汪洙说过"万般皆下品，唯有读书高"，读书确是高雅的兴趣。当你手捧书卷，心与心的交流便已开始，那是书中走来的智者千叮咛万嘱咐的开示，又是作者多年的思想潺潺流进你的心里。有了它们，你便可处乱不惊，沉着应对，如菩提树下独自打坐的得道高僧般"万绿丛中过，片叶不沾身"。

书读得多，心自然清凉，哪里还有忧愁可言呢！偶尔被打扰，也仅仅是被烦恼撞了一下腰而已。

平日最羡慕出口成章的人。字字句句都能讲个来源出处，东坡先生告诉我们"腹有诗书气自华"，一个读书的人言谈举止是自带光芒的。喜欢看董卿的《朗读者》，听着她娓娓道来的文字，仿佛世间万般美好，没有钩心斗角，没有战争掠夺。在变幻莫测的人生中云淡风轻地生活，哪里还有心思烦闷呢？

读书使人眼界宽广。从西方读到东方，从远古读到现代，抬手间便览尽大好河山，眨眼中便星辰璀璨。上知天文下知地理，杂文故事立在其中。从此博览群书的你，在烦恼面前如对蝼蚁，挥挥手"逃命去吧！此后不与你们计较"。群书加身，底气十足，大事变小事，小事变无事，人生开悟，世上哪还有事？

世间本无事，庸人自扰之，庸人才会败给俗事，高人只会指点迷津。琐事见高人在此，恨不能钻入地洞中瑟瑟发抖。读过万卷书后，忧愁自消，即使还有情绪，也伤不了根本，笑一笑便过去了。

何以解忧，不喝杜康酒，不做购物狂，最有用的便是静下心来读一本好书。

我在烟台看海

八月，正是一年中最热的时候。

我们从大连湾港乘坐渤海钰珠号轮船，经过几个小时的漂泊，终于在翌日上午到达烟台港。拖着沉重的行李箱终于走下舷梯，双脚沾着地面，心中就踏实许多。吹着温柔的海风，看着空中盘桓飞翔的海鸥，热浪一阵阵袭来，虽然身处在陌生的城市，但是大海的味道还是让人觉得亲切无比。我们（我、妹夫、外甥）是来参加课程培训的，外甥趁着假期和我们一道同来，一路上舟车劳顿，不曾喊累，十几岁的少年精力充沛，我倒是有些人困马乏，于是，就近找了酒店安顿下来，其间结识了同来参加培训的几个朋友。

第二天，紧张的培训课程开始了。刚刚接触新的事物，结识新的朋友，觉得很新奇。连续几天的培训下来，还是有一点吃不消。每天除了吃些速食快餐，基本没有尝到米饭的味道，想想还有半月时光要在此度过，一种思乡之情涌上心头。

一日中午，我的身体异常疲乏，倒在床上便睡着了。上课时间快到了，见我还没有醒来，同屋的萍着急了，急忙过来叫醒我。我俩匆匆下楼，几位新结识的姐妹正等着我。此时阳光正烈，烤得人睁不开眼，路上的车子也少得可怜。过马路时，一层热浪从路面上涌起，两条腿木然地走着。马路两旁都是高大的榆树，一群群夏蝉不知躲在哪片叶子后，无聊地叫着"知了知了"，一路不停，聒噪不安。下午的课早早地结束，几个朋友都不是本地人，所以想游一游烟台。在地点的选择上，颇费心神，最想去蓬莱岛，可是时间不充足，于是大家一致决定去海边转一转。

我们一行人浩浩荡荡地来到月亮湾。走上沙滩时，才发现这里有不少情侣，听旁边的一位老人说起才知道，之所以称之为月亮湾，是因为这里有一座月亮老人的雕像，是情侣们谈情说爱的打卡胜地。

一条栈道从岸边通向月亮老人的雕像，栈道两侧用石柱和铁链相连，铁链上系着密密的同心锁，锈迹斑斑的锁头不知封印着多少情侣们的甜蜜，红红的飘带里记满情侣们幸福的诺言。月亮老人雕像立在中间，见证了情侣们甜蜜的过往，很多人和雕像合影。同行的小宋和小张是夫妻，也在月亮老人雕像下凑了热闹，留下了几张合影，据说在月亮老人下祈愿婚姻还是很灵验的。

雕像旁的一侧有一段通向岸边的浮桥，很多人乐于在桥上走，摇摇晃晃，颇为自在。我不敢尝试，家乡的海边也有一条同样的浮桥，试走过，险些掉进海水里，从此对没有安全感的事情望而生畏。其实海水没有多深，看外甥踩浮桥时不小心掉到水里，海水不过刚没过膝盖而已。

这片海域最有名的是鹅卵石，海水退潮后，海滩上会露出晶莹圆润的鹅卵石。我们去时没看潮汐表，到海边时也没有退潮的迹象，海浪拍在沙滩上的多半是粗砾沙贝。近处的海水清澈明朗，拍打在脚上像妈妈的手抚摸我的肌肤，亲切轻柔，恍惚间觉得自己来到家乡的海岸上，任由海风拂我面，海水濯我足。萍知道我家在海边，笑着问我："这里怎样？"

"同是渤海，为何分彼此？"同行的静嘀咕了一句。这轻轻的一句话惊醒了沉浸在思乡情绪中的我，辽宁与烟台，一海之隔，虽然要经过几个小时的漂泊才能到达彼岸，可此海不正是彼海吗？也许这里的海水会兜兜转转地拍打在家乡的海岸上，如此想来，倒有些释怀。连忙掬起一捧海水，放在鼻下，贪婪地嗅着家乡的气味，让海水占满我全部的思念。再慢慢地洒在海面上，让它在潮起潮落间载着我的思乡情回到家乡看一看。

我们沿着海边栈道一路走，海风吹走了一天的疲惫，直到夕阳染红了海面，才恋恋不舍地告别了大海。

回来时，城市的夜生活刚刚开始，大家都饥肠辘辘，选了一家大排档，点了几种特色小吃。端上桌子才发现这里有家乡的特色烧烤小串，还有这几天一直想而不得的米饭。我迫不及待地大口大口地吃着米饭，饭一入口，胃里就是满满的幸福，终于吃到米饭了。萍和静看到我的吃相，忍俊不禁。这时小宋和小张夫妻俩拿来几瓶啤酒，给每个人的酒杯都斟满，说了一番动人肺腑的敬酒词，在最后一句"感恩相识"中大家一饮而尽。我的酒刚咽下，就指着酒说："这酒我喝过！"他们几人哈哈大笑，再一看那啤酒瓶上赫然写着"青岛啤酒"。看着熟悉的酒，再看着热聊中的人，望着夜空中的明月，突然明白，自己的执念太深了。同是一片海域，同是一片山河，同是一轮明月，纵是乡音不同，也是交流通畅，彼此相携，此处亦是吾乡啊！

现在，当我站在海边时，常常会想起在烟台的点滴时光，总忍不住想对大海的彼岸说一声："烟台，你好吗？"

纸短情长

写下这个标题时，我知道自己不得不将落了灰的记忆拿到太阳下抖一抖，以此找回我曾经执着追求而今忘却在角落里的往事，譬如写信。

我给两个人写过信。

第一封信是家书，写给在胶东半岛的表弟。表弟是舅舅的独子，我们以渤海相隔，都是书信往来。与表弟通信时，我们已经见过一次。

记得那是多年前的中秋，舅舅一家来探亲，所以这个节日过得格外热闹。我是第二次见舅舅，他还是老样子，高大的个子，宽阔的面庞，几年不见，眉宇间添了几分沧桑。舅妈是初见，她温厚淳朴，有着山东人的热情。表弟倒是让人惊喜，从前在照片里看得不很真切，总把他归到淘气小子一类，想象他一定也抹着鼻涕爬山下海。没想到他遗传了舅舅的高个子，眉目清秀，实在是帅哥一枚，那时他只有十五岁，却比舅舅还要高一点。

在一番忙活后，一顿丰盛的晚餐在觥筹交错中开始了。

席间，一个原本平常的问题引发了舅舅父子的争辩。父子俩争论逐渐升级，大家劝阻也无济于事，最后年轻气盛的表弟夺门而出……

家人全部出动寻了半夜，才寻回表弟。可是经过短短一夜，舅舅仿佛老了，这件事也成了我和表弟通信的因由。

接到他的来信，看到满纸飘逸的字体，有点怀疑这笔潇洒的字是不是真的出自这个叛逆少年之手。他在信里说了自己的迷茫，甚至为看不清的未来苦恼。我很担忧年轻的表弟做出辍学的决定，当时便认真回信，翘首等着来信。很快收到了他的信，言明已放弃学业，打算学技术。我替他惋惜，同时为他找到自己的目标而高兴。

后来等了好久，也不见表弟来信。

直到一封舅舅的来信打破了生活的平静，原来他如愿开了一家店铺，可是为了朋友义气与人打架，有可能受到法律的制裁。舅舅心急如焚，我们都为他捏了一把汗。妈妈不惜花费昂贵的长途话费，几天一个电话询问结果，最终他还是承担了自己的责任。几年后，也就是舅舅在表弟重获自由后不久，过世了。

此后我们没有再通信。在他成家后，曾携着妻子和舅妈来过一次。那次见到他，已经没有了当年的青涩，也没有了当年的叛逆，更没有了通信时的真诚，多了几分男人的成熟和商人的世故。想起往日的信笺，顿觉时光老了，故人远矣。

第二个收到我信件的是在杂志上交的笔友。

那应该是初三时的事，学习枯燥又紧张，在空闲之中我最喜欢读杂志。杂志上经常刊登些交友信息，当时交笔友是时髦的事情。我犹豫了很长时间，终于找了位年纪相仿的河南文友通信。

本来没奢望他能回信，万万没想到，在一个日落的傍晚收到了他的回信，从此收信回信便成了我的日常，至于信里的内容现在已经记不清了。

我格外珍视这份远方的友情，每个月都盼着收信，从月初盼到月末，这成了我枯燥生活中的调味品。初三下半年时，由于我的变故，停止了通信。当我再提起笔，时间不觉间过了一年，那位朋友应该不在原校了。即使他果真能收到我的信，我却不知该如何书写此时的心情了。

如今，笔友的姓名我已经忘记，也忘记了通信的大致内容，唯一记起的便是那段依稀的记忆。如果不是女儿的征文，我怕是要把这段记忆抛到九霄云外了。

女儿参加大学的征文，要求写下平日里对身边人说不出的话语，真情实感，文体不限。我当即建议女儿以书信的方式来写，这样可以把一肚子要说的话述于笔端，由此勾起了我的尘封往事。

时间太过久远，往事记得有些不真切了。可是那些如烟如雾的往事，曾经是当时最真实的在乎，而那些或长或短的情谊，有的落在纸上，有的落在心里，可惜时光匆匆深情易老，而情谊绵长纸笺却太短。

中隐，隐在尘世烟火中

那日傍晚，应朋友之邀去他还未正式营业的民宿。顺着单行道一路东行，车窗半开，山风凉凉，我们贪婪地呼吸着清新的空气，看车外山木林立，村居安然。

赶到朋友的民宿时，天边的霞光将要落下山顶。此时无风，落日正浓，跌落在整个村庄上空。炊烟袅袅升起，在绯红色的空中飘着雪白的烟柱，飞升到半空，又似乎不忍离去，匆匆在半空凝聚在一处，时间的掌印轻轻一拍，炊烟瞬间化作大团大团的雾气，溢满整个村落，村子便如仙境一般窝在山脚下。

民宿西邻半山，裸露的山石形成崖面，几棵山松悠然地立于崖壁，气定神闲地看着山下的流溪。每日里的水声潺潺，它们都收入耳朵里，就这样悠闲地欣赏着溪水抱石的美景。杂草临溪，山花环水，一股清凉之意缓缓袭来，仿若我早隐遁于此，已是山水的堂前知音，草木的灵魂伴侣。

与这样的山水村落在梦里见了无数回，这次的相遇让我想起香山居士的一句"大隐住朝市,小隐入丘樊。丘樊太冷落,朝市太嚣喧。不如作中隐,隐在留司官"。

朝市之中繁华热闹,流光溢彩,适合人居,却诱惑太多,欲望太重。清空的心灵居于此处,环境使然,也免不了入俗。再继续不染尘埃,多半会被误为高傲,与人格格不入。能做到陶渊明那样"结庐在人境,而无车马喧"者必是大隐士无疑了。

小隐多半是在山谷野地、深山密林,朝看云起暮看花落。山水驱赶孤独,花草排解寂寞,流水静静带走光阴,每日悠闲自在地随云朵飘散,静成一座老山。

曾幻想过这样的山野生活。寻一座山谷,搭一檐茅庐,坐在一棵老树下,听听鸟语,品品花香,看半空流云流到心坎,陪我闲坐一整天。可一想到红尘的缕缕牵绊,丝丝瓜葛,唯有望山兴叹。

想来中隐更适合隐士,在红尘中隐遁自己,修一颗隐士的心。

在人境却不必选繁华处,寂静又安然;可凭心意择友,可有两三知己。虽然奔波,却可依心而定,或忙碌不得闲,或从容面对之,在红尘的烟火中修行一颗出世的心。

很多人都感叹囿于红尘不得脱离,修行之路漫漫长。《华严经》有言:"相由心生,境随心转。"心的安定往往决定了修行之路,心若浮躁,看繁华是艳羡,看落魄是敝屣;心若安然,身在繁华是安,身在荒野亦是安,即使是在烟火红尘中又何妨?

于是,捧起随身携带的古史,心神气定地走进一段段历史中,看南朝北国的猎猎战歌,看唐诗宋词的风花雪月,读着读着,便读进一段隐士的山谷中……

走在路上看风景

　　小女儿正在读幼儿园，我下班早的时候会顺路接回来。偶尔会骑上电动车接她回家，更多的时候我喜欢骑着自行车去接她，这样我们就可以悠闲自在地回家。不论我用什么方式接她，小家伙都喜欢，可爱的脸上写着满足。

　　一天，天空中突然飘起了蒙蒙细雨，空气中顿时弥漫着夏天独有的清新。我决定带上雨衣，撑着女儿最喜欢的彩虹伞，步行去学校。放学了，她兴奋地跑过来，拿过雨伞，高兴地走在湿漉漉的小路上。

　　走着走着，天空突然变了脸色，雨越下越大。我们的衣角和裤子都淋湿了，鞋子也因为奔跑的原因而泥泞不堪，头发被雨浇湿了大半，我们母女俩匆忙找了棵大树避雨（天空中没有雷电）。看着女儿湿透的小半身，我的眼里充满自责，歉意的话还未说出口，女儿像发现了宝贝似的叫我："妈妈，你看那边，好漂亮！"

　　顺着她手指的方向望去：细雨中的田野一片氤氲，远山浓重得像化不开的墨。田野与天空交融成似有似无的仙境，朦朦胧胧像触及不到的虚幻之地。

之前无数次走在这条路上，从来没有看到今天的美景，这场雨让我们狼狈，也让我们有所收获。女儿一点都没有埋怨，反而很欣然地接受，说到底是孩子那单纯的心不被天气左右。孩童的心思澄明，目光所及都是安静纯洁，这是我远远不及的。

几天里的琐事搅得我心烦意乱，匆匆结束工作赶公交车上，车上大多座位都有乘客，我好不容易找了个座位坐定，拿出一本书来排解几日里的污浊之气。

我的旁边坐着一个年轻的小伙子，他手上拿了一个很大的包裹，长约一米，宽约半米，看似一幅画，四角用纸盒包裹得严严实实。这幅画正好占了我座位的前面，只留下一个小小的缝隙来容纳我的腿，瘦小的我勉强能坐在位置上，但是双脚还是不小心碰到了画，我没有丝毫歉意，反倒有些怨气，小伙子连忙向我道歉，看着他诚恳的样子，我也没再计较。

转过身的一瞬，我瞥见纸箱的标签上写着某某影楼的字样，便猜想这一定是一幅婚纱照。小伙子借着座位的倾斜角度，单手扶着那幅照片。虽然照片很大，但是他用一只手轻轻地抵住后面，似乎很轻松，另一只手拿着手机，眼睛时不时瞄一下，脸上露出微笑，一副沉浸在幸福中的模样。

这单纯的笑容触动了我，看着那幅封闭的相片，仿佛看到风华中的一对璧人，或在海边相拥，或在林间漫步，一切是那么浪漫幸福，在嘈杂凌乱的车厢中我竟找到了这样一方幸福。再看看前座嬉闹的孩童，原本让人生厌的模样竟有几分可爱。邻座老人喋喋不休的唠叨好像也没有那么聒噪。看着这一幕幕，我的嘴角不由得向上，心境也渐渐平和。

回想这几日的不快，发现很多时候自己都是庸人自扰，原本简单的事情想得太复杂，以致心乱如麻。如果把心思放空，如孩童的心灵般干净简单，你会发现世界变了模样。

不要在春花烂漫时埋怨春的短暂，在夏季炎热时埋怨苦夏无风，在秋日埋怨岁月不解风情，在围炉拥衾时又哀怨光阴似箭。当我们静下心来，会发现人生的路上不仅仅要向前走，还要记得欣赏路上的美景。

这世界那么多人

"这世界有那么多人，多幸运我有个我们。这悠长命运中的晨昏，常让我望远方出神……"起床后打开音乐，是一首莫文蔚的《这世界那么多人》。低沉的嗓音，在我煮粥的烟火中流淌，顿时内心温暖，动作也轻柔了几分。

世界上那么多人，每天发生那么多事，想起路过生命的人，那些相处的瞬间，是一辈子都无法忘怀的财富。

一

我到了新的工作岗位，看哪里都是新的，培训时的工作流程在脑海里演绎了一千遍，现实中还是小状况频出，一旁的同事看不过去，毫不犹豫地过来帮忙。

她是个漂亮的女孩，欧式细眉下有一双明亮的眼睛，眉眼中有江南女子的温婉，让人忍不住有种亲近感，可是接触下来才发现我们是性格不同的人。她有北方人特有的直爽，一张口就把温婉的滤镜打破，遇到看不顺眼的同事，怼得人心塞，而我是个内向的人，性子慢，有话憋在心里，不喜欢说出来。

虽然性格不同，但每次我遇到困难，她总是过来帮忙。从不多说话，默默地帮我登记，数钱，再记账，动作一气呵成，干脆利落。说话做事依着我的性子，渐渐地我们彼此有了默契度。对于工作上的难题我习惯依赖她，她也会尽其所能地帮忙。

还记得有次我帮客户用信用卡结账时发生的事情。

那时信用卡结账需要查看银行授权，我刚接触这个工作不久，第一次遇到信用卡，把工作流程忘在脑后，给客户刷了卡。财务去银行结算时才发现这笔款项没有授权，无法结清，这是个重大的失误。

我心里没了主见，工作状态非常不好。她深深看了我一眼，生怕我再次疏忽大意，抢着把工作帮我做完。休息时，询问我要怎么办，我没有社会阅历，面对大笔账单很迷茫。她镇定地告诉我："别急，我们一起想办法。"工作空闲时她费了好大劲儿从别人手中要到客户的私人电话，让我联系看看。后来这件事在领导的周旋下得到了妥善的处理，但是她这番仗义相助使我认定了这个朋友。

她说话太直接，得罪过不少人，常听到关于她人际关系的传言，我从没向她求证过，只是在心底默默祝福这个侠肝义胆的女孩能找到自己的幸福。

我辞职那天，她没有上班，谁承想竟从此没有了她的消息。在一起工作时从没想过有一天会离开，曾经靠 BP 机和 QQ 号联系的我们就这样断了消息。直到现在，发达的科技也没有让我联系到她，我们就这样在人海中走着走着就散了……

二

难忘的是我们搭档的日子。我们四个人像散乱的棋子从各处集结在一起，住在单位宿舍，时间一长，想家是必然的。我们都二十岁左右，是第一次远离父母流浪异乡，这样的思绪让我们紧紧地抱成团。

有时候工作枯燥，大家工作的热情都不高。为了调节气氛，我们经常互相调侃着开玩笑。随着时间的流逝，在笑容满面的脸上总能看到生活的无奈和淡淡的思乡情，只是大家都不说出口。

白天在忙碌的工作中很快过去，夜晚有点难熬，特别是八点钟后，疲惫和思念一齐涌来，遇到工作不顺心，心情更是烦闷不已。

如果半夜下班，我们会相约一起去吃宵夜。在交通路口西侧的烧烤摊，聊着天吹着风。天冷时会要两瓶啤酒，配上几串烤肉，酒喝得正正好好，不醉也不疯，发丝随着风飞，烦恼也飞得不见了踪影。

昏黄的路灯下，四个长长的影子在岑寂的街上，洒下我们的忧伤和失落。一百多米的路上，填满思乡的愁绪，不知道家乡的夜能不能感受到相同的律动？

辗转多年，世事已经变迁。我们重新回到各自的起点找寻自己的位置，奔波在生活的路上。忙到最后，渐渐地像断线的风筝，断了音信……

三

我的第二份工作是派出所的内勤，工作简单，环境轻松，只是上班路程有点远，从家里骑着自行车需要半个小时才能到单位，每次上下班骑车都满头大汗。

几个月后，家里购置了一台小摩托车，父母骑着摩托车进进出出，潇洒得不得了。父母看我上班辛苦，撺掇我骑着摩托车上下班。看着操作挺简单，我忍不住想试试。

那天在父母的指导下我着骑摩托车上班。下班时，我开启摩托车后，却控制不好离合与油门，摩托车踩得嗡嗡响，可就是不走路，我红着脸不敢请人帮忙，倔强地和摩托斗争。一位比我还小的同事看到，连忙过来帮我，一切妥当后，我终于把车骑回了家。

这件事后，我成了单位里的重点保护对象。我觉得自己蠢笨极了，一辆小小的车都驾驭不了，如何面对今后的事情？那时心里自卑到了极点，为了不打扰同事们，我改坐公车上下班。

有次单位下班时间很晚，最后的一班公车已经没有了，我坐在值班室犹豫该怎么回家，为了不麻烦别人，我决定走路回家。正巧有位同事回来拿资料，看到我没走，想送我回家，我怕耽误他的事情赶紧拒绝。他们只是暂时借用我们单位办公的刑警，每天忙里忙外的，时间很宝贵。他坚持送我，开着面包车，一路疾驰。路上他告诉我有事别害怕，以十年刑警的经验给我普及安全知识，最后不忘告诉我遇到困难一定要找他们帮忙。

那时我是个内向没有社会阅历的小姑娘，遇到事情犹犹豫豫，思想上懵懵懂懂，有困难也不好意思请人帮忙。可是他的那番话却变成我成长的底气，在困难的时候，我会尝试自己解决，实在不行，我学会了大胆地请人帮忙，也渐渐懂得事情的是非对错。

人生就是在不断的遇见中度过，不管是匆匆一瞥还是相忘于江湖，都在心中留下一抹痕迹。往事是一本日记，曾经有缘的人都化作日记中的一篇一章，一字一句，翻开一页，不经意会想起：世界那么多人，多幸运，我遇见你们。

遇见

常在落日后，余晖中，走一条少有人行的小路。看一抹霏云入海，壮观之景让人惊艳许久。然而对于河边静柳、路旁杂石野草来说，我惊奇的瞬间不过是它们的日常所见，这更加引起我的不安。于是追忆成堆，不觉手握流沙，更珍视不期而遇的缘分。

着一身青衫，走一段悠悠小径。去时与夕阳背道而行，归来目迎残日。宁静的霞光，仿若是酒酣后的女子，香腮上飞起了朵朵胭脂。又如画师在调色板中，大胆地调出最柔和的色彩，寥寥几笔，便绘制出万人痴迷的画卷。

夕阳在树间，开出一片如锦的繁华。霞光穿过枝丫，流泻一地，如千万流光在影中嬉戏，又如斑驳树影对大地的思念。周围的草木纷纷随性，在落日下翻跹如蝶。

草虫耐不住寂寞，唱起"吱呀呀，吱吱呀呀"的曲调，不知时光在古老的调子中，容颜老了几许，岁月更到几何。

我如孩童般，踩在路边的石上。石不宽，只容一脚，却极长，身微动，小心翼翼地踩踏石板，恍惚间，回到垂髫之时。现今两鬓添霜，如此行动，自觉心有愧意，于是，不敢与路人相视，自顾前行。

一路痴行，偶然遇到行路者，抬眼相望，来者抿嘴浅笑，善良以对，料定来者心中同样住着一个顽童，多半碍于俗世眼光，不便表露心意。来人多为老者。不论男女，能遇见，皆是今生缘分。心中笃信前世今生，许是莫逆知己，许在红尘相伴，机缘牵绊，只换得浮生中的一个眼神，一段擦肩。

相遇是久别的重逢，有时候一棵野草、一朵飞花也能给你同样的感慨。可是在人工堆砌的世界里，怎能见一片白云飞，一团青绿呢！

一个清凉的下午，我决定走进山野。择一条小路前行，碎石杂草都偎在脚边，田埂上野花拽着你的衣裙，仿佛你到哪里，她就要跟到哪里。一路浓荫，为我送来一捧清凉凉的幽静，不由想起河东先生的"寂寥无人，凄神寒骨，悄怆幽邃"。

此时日有西斜之势，阳光洒落树梢头，拼命地穿透密密匝匝的树隙，在小路上印出斑驳的树影，如一尾尾快乐的鱼儿摇摆跳跃在清泠泠的溪水里。

树影映身，踏石而行，沙石与布履轻轻摩擦，声音惊动了蝉，嘶鸣落地，顿时蝉声在山间开了花……

山路在转角处豁然开朗，整齐的石板路铺向一处民宿，路旁满是花树，紫色木槿，粉红蜀葵，还有一大片的格桑花海。

走了大段路，花树也跟随一路，在一木门处戛然而止。几块宽大的木板钉成一扇木门，古朴的锁环，扣在门扉上。门前立一方石，绿漆染字，上书"艾香居民宿"，那清凉凉的绿，一瞬间如艾香悠悠绕身而来。

院子里的浓荫掩着木质房舍，一条鹅卵石的小径穿越其中，径边的绿叶中，竟真有艾草的踪迹！原想此名不过是附庸风雅，没料到如此真真实实。

主人以锁谢客，只能在门前驻足。良久，身上已染够了艾香，才恋恋不舍地往回走。一路上心满意足地思寻：今日收藏的艾草香，抵得过几只端午的香包了。

欣喜于此，不单单是艾香，那一路草木，一声虫鸣，一树花香，一片流云，一捧清凉……在熙熙攘攘的人世遇到了，都值得珍惜，都值得我安放心间……

别陷入人生的泥潭里

　　因工作关系我认识了一个叫秋子的女孩，她言语不多，说话有点羞怯，有一种邻家妹妹的感觉，让人忍不住想照顾她。工作接触时间长了，知道她是个农村姑娘，猜想她的性格源于自卑吧！

　　一年后我离开了原来的工作环境，与秋子断了联系，本以为这是匆匆一瞥的缘分，没想到在茫茫人海中竟然再次重逢！

　　周末我在书店里看书，当我踱步在财经类书架时，一个似曾相识的身影映入眼帘。可是对方打扮入时，气质也与我相识的人截然不同，大概是我看错了，我摇摇头要转身离去。对方喊了一声"姐"，我狐疑地看过去，精致的脸上还是有几分原来的样子，我试探着问："你是秋子？"

　　在楼上的咖啡厅里，我才知道她的过往。

　　她家住在一个小小的山村，生活并不富裕，父母都盼着唯一的女儿能够跳出这个穷山沟，秋子不负所望争气地考上大学。学费对他们来说是个不小的挑战，为了筹钱，她早早地离家在城里打工。开学那天父母按时把钱放在她手里，她握着那叠破旧的人民币，无法想象父母是怎样在土地贫瘠的乡村里积攒着每元每角。为了减轻家里的负担，她周末、假期都在打工中度过。她很自卑，与人交往都是小心翼翼的，生怕别人说一句瞧不起她的话语。好容易大学毕业了，她发誓挣钱让父母过上好日子。

我认识她那段时间正是她焦头烂额的时候。刚刚参加工作，父亲又被查出肝癌晚期，听到消息，她抱着母亲大哭，心里刚刚建立起来的新世界渐渐崩塌。世事无常，三个月后，父亲在母女俩的不舍中离去，留下了一大笔债务。

以后怎么办呢？她脑子里不停地思考，想来想去，除了挣钱还是挣钱。她每天除了正常工作外，还找了份小时工和一份周末家教老师的兼职，时间安排得满满当当。母亲卖掉村中少得可怜的产业，陪伴在她身边，她又找了份送快递的工作，忙碌的时候母亲也会帮她送送快递。从此母女俩奔波在城市的大街小巷。这个曾经对她来说陌生的城市，经过两年的打拼，她熟悉得不能再熟悉了。她知道哪条小巷里夏夜最美，哪个小店里的烧烤最正宗，哪个开售的楼盘最火，但这都不是最重要的，重要的是那个曾经怯怯懦懦的自己消失了。她现在喜欢和人打交道，也不在乎别人异样的眼光。早上呼吸一口新鲜空气开工，晚上看着城市的星光入睡，尽管每天累得筋疲力尽，但她浑身充满力量。

"看样子，现在债务危机渡过了吧？"在她坚定的眼神里我看到了答案。

"过去了，以前看着那几张借条上的数字，对柔弱的我来说就像几座大山，压得我透不过气来，现在回过头想想，那段日子让我成长了很多。在最难的时候，我想找个有钱人把自己嫁出去，有人和自己分担，不用这么累。可是，细细一想，那样还是我吗……虽然往后的日子我会很累，可是我已经做好准备，绝不把自己的命运交到别人的手里！"

我不由得对她大加赞赏："秋子，你真是我们女人的榜样！你现在可以松口气了！"

"怎么可能？很多事情等着我去做呢！"

现在的直播平台很火，她平时要拍一些正能量的段子，每天固定时间直播带货，定量销售家乡的农副产品，还有一些村里妇女做的手工艺品。她的产品都是保质保量，粉丝们很支持她，现在的她忙得不亦乐乎。

未知的人生像走入丛林，谁也不知道下一步会是坦途还是陷阱，也许是树木葳蕤，鸟语花香；也许是危险重重，沼泽满地。如果不小心陷入沼泽，趁着陷入不深，平复心情想想办法，还有自救的机会。如果时间久了，陷得太深，唯一的办法只能是祈祷有人路过拉上一把。命运只能交到别人的手中，任由他人主宰。

姑娘们，别陷入人生的泥潭太久，相信自己，把握住自己的人生才是上上策。

向阳而生

我又做这个梦了：院墙边的一隅空地，种上了一片向日葵，正是仲夏时分，粗壮的茎干托着宽大的绿油油的叶子，还有圆盘似的黄灿灿的花儿朝阳而歌……这里分明是花姐的向日葵花园啊！

按辈分说我应该叫花姐堂嫂，和她嬉闹惯了，也顾不上颇多规矩。

花姐是大伯家堂哥的媳妇，新房在我家后面。大伯家只有这一个儿子，老两口积攒了半辈子的积蓄，终于帮堂哥盖了新房，娶了新媳。

两人是高中同学，高考时双双落榜，从此惺惺相惜。

初见花姐，那天院子里的桃花开得正艳，一簇簇粉红色花儿已经等不及吐出它们细长的花蕊，满树芳华，煞是好看，似是迎接稀客来临。惹人注目的是花姐也穿了一件粉色上衣，虽然是深粉色，却和桃花相形益彰。花姐在帮伯母洗菜，水花溅在她脚下流行的运动鞋上，她丝毫没有在意。看到我进屋，花姐抬起头来问我："是二妹吗？早听你哥说起你，今天才见着。""你是花姐吗？我也听过你。"我俩不约而同地笑了起来。

我是住校生，周末放假才能回家，回家的这两天总喜欢去花姐家，美其名曰：补课。

那次刚到家，老妈迫不及待地告诉我："没事别去烦你嫂子了，她怀孕了。""真的，那我可得去看看。"放下书包跑到花姐家里，我进屋时她正捧着本胎教的书，我打趣道："咱学得有点早吧！""不早了，过两天我打算再看看新生儿指导和子女教育的书呢！毕竟头一次当妈，可不能丢脸啊！"看看，这是沉浸其中呢！

花姐怀孕七个月左右时，伯父因为总是头晕去医院检查，查出了一种血液病。医生说能治好，但是需要的时间长，费用也高。这无疑是个问题：家里没有积蓄，现在靠堂哥一人支撑花销。伯父不想治了，伯母没个主意，最后还是花姐做了主：病还得治，钱还得挣，就算日子苦了点，只要人都在就行。

伯父的病经过一年多的调理身体状况越来越好。花姐也顺利生下个女宝宝，快一岁了。虽然日子过得十分拮据，但是一家子还是其乐融融的。

就在大家都以为一切都在向好的方向发展时，花姐却病了。连续一周都在发烧，她以为吃点药，打几针就好了，可一直没见起色。有一天突然晕倒了，大家手忙脚乱地把她送到医院时，她已经休克了，经过检查需要马上进行脑部手术……

手术进行得很顺利，医生取出了一块鸡蛋大小的脑部肿瘤。她在ICU病房待了一周，平稳度过危险期，转入了普通病房，我们可以自由探望病人了。看到花姐时，她变了模样：光头，头上还缠着一圈纱布。脸瘦了一圈儿，眼睛越发大了，神情有点涣散。脸色苍白，但嘴角仍然挂着熟悉的笑容。看见我们进来，招呼我们坐在她的床边。说话有一点含糊不清。堂哥在一旁连忙解释："脑瘤压迫神经，造成暂时性的语言障碍。出事那天，我们本想转到大医院，但是你嫂子身体太弱，大家都怕路上就不行了，索性赌一把，就在我们本地医院治吧，没想到真捡回一条命啊！"堂哥有点激动。花姐半靠在床上边听边笑。正巧，医生拿来了病理报告："你们应该回家吃饺子了，肿瘤是良性的。"医生的话是天大的好消息，同病房的病友争相祝贺，我们大家都跟着高兴，无意间看了一眼堂哥，发现他眼眶红红的，眼直直地望着花姐……

在医院住了一个月，花姐回家了，生病时孩子住在姥姥家，现在也接了回来。据说这小家伙在医院时愣是没认出妈妈来，搂着姥姥，直喊找妈妈，可能是那光头惹的祸。这回爸爸妈妈都回来了，她可高兴坏了。我也可以随时去她家走动了。

经过这场病，每次去花姐家里，花姐总爱说一些心灵鸡汤：人啊，应该爱惜身体，珍惜生命；人生苦短，做一些有意义的事，才能不留遗憾；不要攀比，不要计较，活出你自己的活法。看样子经历了生死真的是有所顿悟。她每天的生活也很充实，带娃的同时，研究院子里的各种蔬菜，晚上去夜市贩卖。白天不忙时在院子里这走走，那看看。还真在墙角忙活出了一大片向日葵。

问过花姐："为什么要种向日葵呢？""这花能给人力量，每天拼命地向上昂起倔强的头，接受阳光的照耀，直到自己成熟。我觉得人也应该这样活——向阳而生。"

当时我十八岁，并没有理解她的意思。而今我有点阅历，才真正懂得其中的深意。

村子搬迁了，老妈和花姐都住上了楼房，相隔不远，我还是经常去她家，只是她现在忙碌起来，有了一片自己的有机蔬菜基地。她在菜圃的周围也种了一圈向日葵，有了它们的点缀，菜园里的色彩更加丰富了。这些花，在别人眼中仅仅是好看，而在花姐眼里却是别有深意的。

再次梦见向日葵园，仍是满眼的绿，粗粗的枝干，宽大的叶子，还有拳头大小的花盘，一切都是那么朝气蓬勃……

苔花

"白日不到处，青春恰自来。苔花如米小，也学牡丹开。"袁枚的这首诗，让我认识了平凡不起眼的青苔。

找到它们不太容易。有时候你特意去找却遍寻不到，当你无意间路过某处，它们又突然冒出来。后来，我总结出一个经验：雨后或是特别潮湿的石罅或石阶上最容易看到它们。

我在村口水井的石阶上看到它们，那是长在粗粝肮脏环境中的一片青翠的绿。人们的脚步在它们身躯上来来回回地踏过，身体已经分崩离析、残破不全了。长得最旺盛的是在井壁内侧的石缝间，无人涉足，阳光照射不到，可以任意自由地生长。

它们躲在阳光的背后，存在于逼仄狭小的空间，即使是这样也不妨碍它们开出微小的花朵。它们没有春花夏草的美貌，也没有杨树柳木的高大，它们只是默默地寄居一隅。

它们卑微，经受不起一只脚的蹂躏；它们平凡，接受不了一朵花的挑衅。它们在植物界低到了尘埃里。

想起一位拾荒老太，她的精神不是很正常。每次看到她，都是衣衫褴褛，自顾自地捡拾着废品，随身携带的播放器里音乐不停地放。

这个老太是我们家族的长辈，从前是我们家的老邻居。我们两家隔着一条路，她们家的后门往西走十米就是我家的正门。

她丈夫有一只眼睛是瞎的，房子是村里最古老的土坯房，低矮阴暗，有一处院墙特别单薄，我们路过时都不敢大声说话，生怕声音太大把墙给震倒了。天气暖了，她家的后门就开了，经常能看见她在黑漆漆的屋里哼哧哼哧地洗衣服，行动迟缓，样子笨拙，有点可笑。

她先后生下两个儿子，可是她的精神时而清醒，时而糊涂，糊涂起来连自己都照顾不了。听父母说，她生下大儿子时，婆婆还活着，帮着带孩子。后来小儿子出生，她一人在照顾，估计有时候也照顾不好，经常能听到丈夫对她的打骂声。

丈夫对她不好，她没少招人白眼，一些孩童也欺负她，往她身上扔石头。我亲眼看到她和那些孩子相互扔石头，最后笨拙地跑上去追那些逃跑的孩子，她跑得慢，只能看着他们跑远，气愤地在他们身后呜呜（听不出具体语言，只能听清语气）大骂。

她家是村里的困难户。她出来走动时，总穿着一件油污渍住的衣服，已经看不出来原本的颜色，还有几处缝着补丁。头发没有变过，一直是齐耳短发，很久不洗，像头上顶着蓬乱的鸡窝。在学校，她的儿子更全校出名的邋遢。

她的记性特别好，见过一面就知道你家里的情况。我小时候胆小，遇到她时总躲得远远的。那次猝不及防走了个对面，我不敢看她，她却主动问我："你是××家的大女儿吗？"我慌忙点头。多年后，我已经是一个母亲了，有一次在路上遇到她，问她还认识我不，她一下子就说对了。

后来她儿子成家，丈夫因病去世，可能没有压力了，她精神比原来好多了。直到搬迁到了楼房，自己才会到处走走，捡拾废品。

她爱听音乐，走到哪里都拿着那个便携式音乐播放器。有时候声音开得很大，时间一长，人们都知道她。老太太赶时髦，播放的都是最新的流行歌曲。

有一次，她坐在墙角哭，说有个酒鬼骂她是傻子，她实在气不过，伤心地说："我是傻，可是也没做丢人的事，他不傻，尽做损人不利己的事。"那位酒鬼饱受诟病的事情很多，最有名的是举报跳广场舞的老人们扰民，老人们也整改过，他仍不依不饶，揪着不放。这样一对比，谁的思想更像"傻子"倒是一眼分明。

隔天在路上遇到她，她又放起了歌曲，仿佛什么事都没有发生过。这位拾荒老太倒是活出了自己的潇洒。

想一想，她何尝不是同井边苔藓一样的境地，虽然在人世的卑微处，却仍然活出自己的风采。这样的生命在让人敬畏的同时，也常常让人感动。

墩台山烽火台

烽火台，俗称墩台，这正是我们墩台山的来历，因山上建有明朝烽火台而得名。烽火台是古时军事防御的一种设施，为防止敌人入侵而建，是用于点燃烟火传递重要消息的高台。如遇敌情，白天施烟，夜间点火，台台相连，传递消息，是最古老却行之有效的消息传递方式。

初识烽火台是因为"烽火戏诸侯"的典故。西周末年，周幽王为博褒姒一笑，不顾群臣反对，数次无故点燃边关告急用的烽火台，使各路诸侯误以为出现险情，长途跋涉匆忙救驾，结果，被戏而回，群侯纷纷气恼不已，幽王从此便失信于诸侯。最后，当边关真正告急之时，点燃烽火却再没有人赶去救他了，不久，西周灭亡。烽火台在这个典故里起到至关重要的作用。

清明时节，踏青赏景，游一游多年未见的墩台山。墩台山位于我们小城的北端，海拔一百三十三米，西临渤海湾，南靠营口港。山下到山顶修建了一条水泥的环山观光路，沿路而行，路两边冒出不知名的野草芽，还有我们常见的野菜也发芽了，相信两天后就会有结伴采摘野菜的人们。山上树木在春风的吹拂下，枝条变软，梨树开出洁白如雪的花儿，桃红也绽开了粉红色的花朵，丝丝清香，让人沉浸其中。路上遇到其他观景人，他们也拿出手机纷纷留影。登上山顶，眼界自然开阔，蔚蓝无边的大海、繁忙的港口以及小城的全貌，尽收眼底。

烽火台就建在这里。由于长期的风雨侵蚀，人为破坏，早年间的烽火台是一座残破的古砖土坯。在我还是孩童时，路过墩台山远远望见山上高高的土坯，好奇地问大人，大人们总是不以为然，对他们来说这是司空见惯的事物，于我们却是神秘的世界。小学时，有一年的植树节，目标定的就是墩台山。那是我第一次登上墩台山，近距离抚摸烽火台。那时的它历经六百多年的风雨，满目疮痍，说是土岗一点也不为过，黄土埋没了基石，仅剩几块古砖，斑驳破败，残垣断壁，毫无想象中烽火台的风姿。

史料记载，营口地区共有十余座烽火台，其他几座烽火台在风雨中也残破不堪，只这一处是相对来说保存完好的。所以在2000年区政府对烽火台进行了重新修葺。

烽火台是用青砖砌成，基部是花岗岩条石，基底为正方形，建筑物本身是下宽上窄，上部有雉堞。墙面很平整，但是每面墙面上都有两条上窄下宽凹进墙面的楔形的通风口，用来排泄顶部雨水和点火通风。墙体有十多米高。内部用沙土夯实，上面建两米高堞墙，并设有一米长堞口，当年以绳梯上下。抬头仰望烽火台，想象古时候遇危情时点燃狼烟，烽烟袅袅升起，下一站的烽火台也会依样随之……百里之内场面甚是壮观。烽火台从远处看外观很像长城的墩台，走近会发现还有些许差别，单是下宽上窄的台身就不同，更不必说长城的墩台多了瞭望口。其实，每座烽火台因为所处地域不同，形状、材质都会有一些出入。

修葺一新的烽火台挺拔了身姿，在它的身侧修建了一座钢结构的观光塔，塔内一层是历史博物馆，二层是休闲区，三层是城区的现状及发展规划沙盘。观光塔和烽火台比邻而立。古老与现代，令每一个到这里来的人，都有强烈的视觉冲击。而无论外界有什么变化，它们依旧默默守护着小城。

烽火台现在是我们小城的爱国主义教育基地。每年都会迎来一批批求知的孩子们，他们谈古论今，抒发情怀，烽火台立在一旁耐心倾听。还有一些归乡的游子，回家的第一件事就是看看烽火台的风姿，将异乡漂泊的不易，浓浓的思乡之情述说给烽火台。附近的人们，更愿意登高观景，吹吹海风，卸下桎梏身上的盔甲，留一刻轻松自在，享受怡人美景。

这里曾经是一个小渔村，历经改革，开发创新，小小渔村蜕变成现代化的港口。烽火台像个沧桑老者，看渤海湾的潮起潮落，霞光映满海面的美景；看港口来来往往的轮舶，工人们忙碌工作的情形；看我们小城从破败到繁华，从萧条到振兴。沧海桑田，六百年的起起伏伏，我们迈出的每一步都在它的眼中，每个深深浅浅的脚印都烙在它的心里。

走过战争，路过动荡，留下风采，剩残破之躯，现今没有让它继续残败。今天的它是历史的经历者，也是时间的见证者，经岁月洗礼，重放容光，看繁花，观沧海，眺望着辽阔的大海，也注视着我们的变迁，年年岁岁，生生不息……

壬寅年正月醒心帖

2月1日

初一日，新年新气象。

昨天是年终岁尾，正午飘起清雪。众人皆惊呼好年华，声未落地，雪已戛然而止。此时地上铺上一层雪白。

互拜过新年。驱车上山入寺庙。

冰雪路面，忐忑爬上山顶，看到寺门已开，香客不绝，心默然。

站在青石古道上，忽觉身体空灵，甘愿化作寺前的一草一木，或一石一瓦，晨听钟暮闻鼓，唱梵音伴青灯，一生便别无他求。

2月2日

初二日，姐妹三家齐聚娘家。

新年聚餐，饮食丰盛，欢声笑语。

餐后，提议麻将娱乐。多年不碰此道，今日重拾，只为父母脸上笑容。忆起 N 年前，父母多半陪我们，如今是我们陪父母了。看着他们越来越慢的出牌节奏，清晰可见年纪长了一岁，面庞的皱纹也深了一寸。

2月4日

初四日，今日立春。

正逢冬奥会开幕，满屏激烈的赛事。

下午取应景的食材。半斤猪里脊，切条，加葱白切丝，做一盘京酱肉丝。两个马铃薯去皮切丝，放些胡萝卜丝、葱丝，小炒。一把韭菜加两个鸡蛋打散，做一盘韭菜炒鸡蛋。最少不了绿豆芽，加胡萝卜丝、葱丝，来盘小炒合菜。

四盘炒菜，配上两打春饼，将菜卷进饼中狠狠地咬上一口，春天的滋味正式开启了。

2月9日

初九日，黄昏。

一轮落日，火红的一团，像开在天空的鸢尾花羞涩地露出笑脸。风车在落日下兀自摇着……

找好角度，想拍在手机中。摆弄良久，还是拍不出落日的娇羞。

转眼间，那轮落日跌落在灰蓝色的氤氲中……

风车还在摇，天空已是绯红一片。

2月10日

初十日，清晨。

太阳刚冒出头，猝不及防迎上了大雾。

转眼间，树木、房屋还有你都在朦胧中隐遁。

我看不见你，

却能闻到你身上春天的清新。

2月14日

十四日，清晨。

雪，落在檐上。

老天在初春画了一幅冬天的国画，留着空空的白。

情人节，

鲜花，美酒，白雪，

浪漫的日子浪漫着过。

2月15日

十五日，元宵节。

将水煮沸，放上汤圆，

一会儿工夫，可爱的胖小子便漂上水面。

元宵喜欢用油炸，炸至金黄。

盛上一白瓷碗的汤圆，

捞出一白瓷盘的元宵，

生活便有了色和香。

2月19日

十九日，正午。

友从远方归来，在老地方相约见面，

几年未见，电话里的乡音未改。

见面的兴奋无以言表。

谈天说地，不觉到了黄昏。

时光依旧，

容颜却老了。

2 月 26 日

正月二十六，下午。

女儿启程返校。

从早上便赖在床上不愿起来。

好容易收拾好行李箱，

没有上车就已经深深依恋。

有时候，

眷恋是一条看不见的线，

思念是一张看不见的网。

2 月 28 日

正月二十八，清晨。

这应该是立春以来最后一场雪。

薄薄的、细碎的一层白纱遮住的地面，

是冬日送来的最后礼物。

泥土兴奋地露出黝黑的牙齿。

三月的乡野

三月的乡野有什么？北方的乡野在三月里什么都没有。

没有繁茂的树木，没有蓬勃的花草，更没有劳作的农人，此刻只有暖人的春风、温柔的阳光和潺潺的流水。

春风吹过大地，空气中弥漫着和煦慵懒的味道。

你看，那边的草堆里挺立着几根狗尾巴草，它们虽然弯着腰趴在地面上，却仍然执拗地抬起残缺的头，向倒地的枯草炫耀自己的不俗。垄畦整整齐齐地排列在田地里，偶尔从腐烂的零星菜叶中可以寻到秋季的影子。

在田埂上慢慢走，不远处有一处红砖青瓦的农舍。院子的木栅栏上遗留着秋天的南瓜藤，好像一段动听的旋律突然戛然而止没了气息，干枯的藤条里满是遗憾。一旁的蔷薇丛已褪下芳华，灰突突的树丛成了繁花的孤冢，黝黑的泥土是落花陨落的歌，华丽又悲伤地吟唱到生命的尽头。

阳光将影子烙在灰色的墙上，仿佛是一幅三月画卷的基调，清新雅致。

院子里有只小黑狗，朝着陌生人"汪汪"大叫，农舍出来的老汉呵斥几声，它识相地闭上嘴巴，顺势在泥土里打个滚，又跃然起身，乖巧地跟随老汉向河边走去，摇摇摆摆的姿势暴露了它兴奋的心情。

房舍后有条小河，春风送暖，吹化了小河水。几只鸭子浮游于此，羽毛如雪，爪色赤红，正在河中凫水，玩得不亦乐乎。另几只雪白的鸭子在苇丛深处打盹儿，细密的芦苇遮住了它们的身躯，好像那是走在时间之外的行者，自在独行。

老人吆喝声起，惊起水花朵朵。河水撩起细碎的阳光，宛如夜空洒满点点星光，一望无边。吆喝声唤醒苇丛中回归的大雁，"嗖嗖"几声飞上了高空，空中只留下几抹美丽的身影……

远山在眼中清晰，蜿蜒的脉络一直延伸到未知的远方，渐渐地与天空相连，共成一色。风牵着云朵在空中散步，悠闲自在。和煦的阳光照耀着大地，万物和谐共生。

会下雨吗？如果下雨，三月的乡野又是一幅别样的画面。

潮湿的空气里，万物有了不同的声音。草木们睁开惺忪的眼，如嗷嗷待哺的乳燕接受雨水的润泽，等待着春天的召唤。

从土地里冒出头的草芽，结起清晨的第一滴露珠，你会不由得感慨，北方的春天是一夜间热热闹闹地到来，不觉间已是芳菲满园。

三月的乡野没有鲜艳的花朵，没有成群结队的牛羊，没有嬉戏的孩童，只有无尽的可能，也许明天的乡野会是不同的模样。

青春祭

看着几位青春少年嬉笑着从落地窗前走过，我回想起自己的青葱岁月，突然开口："你们的青春是怎样结束的？"对我冷不丁的提问，她们俩（坐在身旁的同事）显然没有心理准备。已到不惑中年，谁能记起年少往事呢？于是，她们都蹙着眉，深陷在沙发里。耳边能听到的，只有我拨动茶具的声音。

巫娜的古琴曲在这时响起，我已经记起自己的那段岁月。在古曲的韵律中，我把故事向她们娓娓道来。

一

我的故事很简单。

中学毕业后，我开始着手帮家里处理事情。那时父亲要养家，母亲身体不好，一些跑腿的小事都需要我帮着处理。因为我年纪小，遇到的人都可以包容我，但是，对于处理一些麻烦的"大事"，我还是有些犯怵。

那次，母亲卧病在床，让我去计生部门问一件事，我生怕自己记不住，反复和母亲确认。

我好不容易找到那个部门，屋中有几个人在喝着茶聊着天，气氛很轻松。我不知道谁负责这个问题，便开口询问离门口最近的工作人员。那是一位年轻女性，她让我问问主任，并告诉我，主任在开会，一会儿就回来。我的心里很感激她，乖巧地站在一旁等待。

不一会儿，一个男人气呼呼地进来，嘴里大声地嚷嚷，好像表达对某人或某事的不满，屋里人顿时紧张起来，对他的态度也毕恭毕敬，并称他主任。

我知道这是我要找的人。待他心气平缓了，我便上前小声地说出问题。这个问题大概触碰到他的某根神经，他的情绪像炸弹被引爆，冲我大发雷霆。我浑身一个战栗，脑中一阵空白，耳边仿佛传来大象的怒吼。待我冷静下来，脑中飞快地核对着母亲的问题，并无半分错处呀！这个问题，只需要告之能否办理，如果能，方法步骤说明即可，何至于用这样的方式斥责如此柔弱的人？

自己当时被他吼懵了，强装镇定，道了声谢，退出了房间。临出门时，我看到门口那位年轻的工作人员看着我，眼中充满同情。

出了门，拐过墙角，刚刚伪装坚强的我委屈地哭了。那年我刚满十八岁，这样的成人礼，我措手不及。从前我在家人的呵护忍让下成长，适应了无忧无虑的环境，突然面对人生百态，心里实在无法承受。

这样的挫折敲醒了我，自己不可能总在保护伞下成长，要试着慢慢长大。这事之后，我耿直的、怯懦的青春已经不在了。

二

"我的青春和早恋密不可分"。宝儿品了一口茶，不紧不慢地说。

"我打小学习不好，也不专心听课，对如何把自己打扮得更美很在行，所以不可避免地走了早恋的路。

"有一个男孩从不正眼看我，可我却被他那清高的样子吸引了。我的周围有好几个男孩，只要我招呼一声，他们都愿意为我做事情。只有他，把我的话当耳边风。

"我开始疯狂地倒追他。开始时，我放学后在校门口等他，为了引起他的注意，故意走在他身后，不远不近，保持一米的距离。渐渐地，他知道我的用意，我就明目张胆地在他书桌里放瓶饮料，或者一袋零食，再或者是我亲手做的小饼干。有时，我还挑选些特别的日子写下问候，后来发展成情书，可他却不为所动。别的女生和他接触的时间多些，我心里就醋意满满。

"他始终没有明确回复我，可我对他依然乐此不疲。他的一个表情，我会揣摩很久；一个动作，我会留心观察；一句简单的话，我会当成圣旨。听到他讨论古代四大美女的言论，说喜欢骨感美人。为了这样一句话，我疯狂减肥。我是标准身材，为了能达到骨感的标准，立志要减掉十五斤。

"早上不吃饭，中午只吃一口米，晚上一个水果，坚持了十多天，肠道通畅，果然掉了几斤肉。可是禁不住红烧肉的诱惑，那天晚上放开束缚，痛快地大吃了一顿，没想到第二天好容易减掉的肉又回来了。想着自己的誓言，我吃起了减肥药。

"为了能立竿见影，我搭配了催吐药。没过几天，身体上的肉确实减掉不少。我扬扬自得，闺密劝告我这样做的危险性，可我哪管这些，只要能得到他的一句称赞，一切都是值得的。

"有天早上我感到自己不舒服，硬撑着到学校。那时我呼吸已经不顺畅，走起路来摇摇晃晃，眼中的东西有点模糊，说话也没有力气，声小如蚊。在上体育课时，我实在支撑不住，晕倒了。

"在医院里，恢复过来的我问闺密他可曾来看我，闺密没有抬头：'全班同学都来过，就他没来。他觉得你这样是咎由自取。'我知道闺密说话有所保留，以我对他的了解，他如果不赞同某件事，还会说出更恶劣的话语。

"我把头深深埋在被子里，心里隐隐作痛。回想起从前的点点滴滴，突然觉得我的全力付出，在他看来不过是笑话一场，原来被人轻视是这样的心痛，那我还有什么理由为这样的人伤心呢？

"经过一段时间的调养，我的身体好了，心态也平静了。从此以后，我学会了用心待人，全力做事，不再如从前那样不管不顾，也正式和曾荒唐度过的青春挥手告别了。"

三

一阵沉默，我们都望向珊。

她低头想了好一阵，把手中的勺子一丢："我的青春结束得有些晚。"再抬起头来，眼中已有了坚定的光芒，仿佛下定了某种决心。

"我是父母眼中的乖乖女，学习好，人也乖巧，被家人宠爱，不知道忧愁是什么滋味，遇到些小困难就会站在我家楼下的柳树旁和它念叨几句。据说它活了几十年，有些灵气，我曾看到有些老人时常会对着它唠唠叨叨。我是无神论者，不相信这些鬼神之说，我对树祈祷只是给自己打气加油。

"当然，我这一路走来，也遇到了很多老师，他们都无私地帮助过我。

"有位 Z 老师是我们学校的数学老师，业务骨干。他的课讲得风趣幽默，课堂的氛围非常好。同学们遇到问题，向他求教，他都帮忙解决，所以他的口碑很好。

"中学的最后一个寒假，父母想让我在假期把数学巩固一下，便通过熟人请 Z 老师上门帮我补几节课，他答应得很爽快。

"之后，他每周为我安排一节数学课。我本身数学基础好，所以进步很快，我们上课的互动很好，每次我痛快地把题做出来，他都会毫不吝啬自己的赞美，经常夸得我不好意思。

"一次妈妈有急事出去了，家里只有我和 Z 老师。

"我清楚地记得自己正专心地做着题，突然一只手从后面伸过来，触碰到我的身体。这一举动如一道巨雷劈中了我，我无法动弹，脑中空白。趁我石化的时候，那只手又慢慢地攀上我的胸部，开始摩挲，我触电一般赶紧逃开……

"跑到楼下的垂柳下，倚着树，好不容易站定，双腿还有些发软。我大口大口地呼吸，仿佛只有这样才能唤醒受惊的大脑。

"干瘪的柳条在北风中乱飞，我突然觉得自己已经被冰雪封住，动弹不得。而那位原本受人敬重的老师，还不如刚刚路过的一条狗遗留下的一坨屎。

"……

"我从来没有向人说起过这件事。那天后，我想了很多从来没有想过的事情，包括死亡。虽然我现在生活得很悠闲，可是当初我是花费了多少努力才回到人生的正轨啊！"

我和宝儿怔住了，一时不知道说什么，只能握住珊的手，珊的眼里闪着泪花。

我一直以为青春该是一段白衣胜雪的时光，起码回想起应该是写满自由，写满任性，可是现在这一段经历却写满遗憾，写满难过。从来没想过，这段鲜亮的时光会被堆放在角落，直到清冷，甚至掩埋起来……

第三章　且听风吟

清浅夏夜

今夜，夜色如墨，月光如银，一束柔光照进浅蓝色的湖泊——那是心的湖。一阵轻风吹拂，我的心荡起层层涟漪。

一

那夜的气氛异常紧张。

夜幕降临时，村中的大喇叭传出严肃而洪亮的声音："虽然地震已经过去，但是大家要小心余震，屋里别住人。"话音刚落，村庄里就闹腾起来，几只土狗"汪汪"的叫声在喇叭声后打破夜的宁静。

在院子里的空地上，父母帮助我们迅速撑起两顶蚊帐，搬出几床被褥。找来些柴草，割几把香蒿，在两顶蚊帐的中间燃起一堆篝火。火势正旺时，铺上一层香蒿，瞬间就冒出一股浓烟，随烟而来的便是浓郁的蒿草香。香味飘起时，几米之内便再无蚊虫，今夜将是个安稳的夜……

我们姐妹三人躺在稍大的"营地"里，透过薄纱看星空，朦胧的夜越来越黑，星儿越来越亮。星空下的我们毫无睡意，大自然的美意怎可辜负？于是，我们相互扯皮斗嘴，没有丝毫对地震的恐惧，空旷的夜空下自由在兴奋地释放。

土地为床，星空为被，不知过了多久，我们已拥抱着星星入睡。

那夜的甜蜜，从此再没有过；那时的我们，是齐心合力的一家人；那刻的姐妹，不过八九岁，父母也正当壮年。

时光不老，人易老。岁月一晃，父母早已白发苍苍，而我们也各奔东西，但我永远记得，如今夜一样的星空……

二

我们踢着脚下的碎石，茫然地走在空旷的大街上……

月是如此皎洁，留给夜空一片无忧的光亮。可惜，月光再亮，也照不散我们心底的哀伤。

一路上，她无奈地低诉着对婚姻的付出，对爱人的失望。声音哽咽，泪水无声地滑落在脸颊，在黑夜里，微微地闪着亮光，正如她在这段感情里的卑微。

走累了，在商铺的台阶上坐下。她倚靠在我瘦弱的肩头，不发一声，默默地流泪……我不知怎样劝她，那时我还不懂爱情和婚姻。我只能无声地拥着她，给她一点点力量和温暖。

望着夜空，星星眨着眼，那么多，可有哪颗懂得我们的心呢？清风不解忧愁，掀起她的裙裾，轻轻地飘落在她的心上。许久，她叹息一声："走吧！要走的终究留不住！"

她倔强地甩了甩头，搂着我的胳膊，扔掉了担心，解开了桎梏，不再害怕，一路前行……

以后的许多年，我们从不再提此事。往事随风，爱情不在，我们却收获了真挚的友谊。

我默默地怀念那年的夏夜……

三

风在耳边低声唱歌，缕缕发丝应声而舞。

他骑着摩托车，载着我行驶在回家的路上。那是一段不长的路，可是在我心里却可以抵达彼此的生命。

今夜以后，从前的山盟海誓都抵不过一个新鲜幼小的生命！他一路喋喋不休地幻想着未来，嘴角上扬，高兴处情不自禁地大笑，牙齿在夜里发着白光——一片幸福的光。

在一个拐角处，我们遇见了一树花开。白天路过时，我清楚地记得那是几株黄色的蔷薇，花开得不多，多半是打着花骨朵儿，香气却浓郁。开放的花朵像是童年的黄丝绸系在我的心上，心里默默念着：有空一定要摘一束回家。

他好像猜中了我的心事，停下车，拉着我的手，走近花丛。伸出手就摘下来几枝，借着月光，小心地去除花枝上的刺，然后递到我的手上。看着沉睡的花朵，我却清醒无比，花儿在睡，而我在笑！

星星吹着口哨，月亮打着节奏，摩托车一路欢歌，奔驰在路上，那条路不短，却也不长。

零星的灯光还在固执地亮着，几只夏虫尚未入眠，咿咿呀呀的吟唱声叫醒了飘向远方的思绪。

我在夏夜思念着夏夜，抬头望星空，同样的夜晚却上演着不同的故事。

今夜，夜色如墨，月光如银。

长长的路，慢慢地走

这条用细硼砂压实的马路把村子分成两部分，西面是整个村庄的房屋，东面则是乡亲们赖以生存的土地。我和这条路接触最频繁的季节，当数春天和秋天，春种秋收，不管是种还是收，都要穿过这长长的马路。

一

路有多长呢？我不知道。

十二岁之前，我从来没有走出过村子。所以在挖野菜时，不安分的眼睛望着马路的南北两端，心里总在想：这条路通向哪里呢？

十二岁之后，我第一次去新华书店。和同学们骑上刚学会不久的自行车一路向南，在宽阔平坦的马路上，肆意驰骋，兴奋不已。那长而陡的上坡路锻炼着我的耐力；那过往机动车掀起的浓浓烟尘打败不了我的意志；还有那长达半小时的路程不过是童话故事中必然的考验。

上了坡，在路的西侧，高高的山岗上有一片密密麻麻的松林。松林里隐隐约约藏着几座孤坟，在遮遮掩掩的树枝中透着些许诡异，给原本的快乐之旅增添了几分心惊。"快走"，不知是谁喊了一句，刚刚登上坡顾不上休整的我们，头也不敢抬一路猛骑，直到进入书店，心情才渐渐平静。

以后再路过这里，心里似乎留下了后遗症，莫名地心慌，总要加快脚步迅速离开。虽然如此，还是拦不住奔向书店的脚步！

二

我家有好几年的时间都在养鸡，饲养的鸡不过百只，每日鸡蛋不出村子就被销售一空，一家人的吃穿用度全部在这小小的精灵身上。当鸡的数量增加到几百只时，鸡蛋的销路就成了问题，母亲决定出村贩卖，南边城区毋庸置疑地成为最佳地点。

每日早晨，母亲把那辆"二八"自行车推到房门口，两只铝制水桶装上鸡蛋，每装一层鸡蛋便铺上一层木屑，直到两只水桶都装满。在自行车的后座上横绑着一根粗壮的圆木棒，母亲拎起一只水桶，用一根粗绳绑紧，再拎起另一桶用同一条绳子绑在另一侧，末了，把两边的桶都拽一拽，生怕哪边不结实会掉下来打碎桶里的"希望"。

一次，她生病了，家里的鸡蛋积压得过多，她硬着头皮把水桶装上鸡蛋，让我扶住车子，吃力地把桶绑到车上。看到喘着粗气的母亲，我决定和母亲一起去卖鸡蛋。

母亲一直扶住后座，瘦小的我推着自行车，心中安稳了不少。上坡时，母亲和我互换了位置。随着坡路变陡，我在后面推着自行车越来越困难，速度一点点变慢……在我擦汗时，瞥见母亲紧紧地攥住车把的双手泛着白，嘴巴紧紧地闭着，而一枚在她额间的汗珠，被太阳照得晶莹光亮，如同世间罕见的珠宝……这条路，母亲不知来来回回走了多少趟。

等日子好起来，村里人骑摩托、坐汽车了，那条马路也铺上了沥青路面。我们家也添了辆摩托车，母亲往来在路上也轻松了。

三

我住在单位的宿舍里，放假时才能回到家里。不知是泪水太多还是太矫情，每次坐上汽车，在车子启动的刹那，望着窗外的一草一木，一房一舍，心头莫名地疼，直到过了那段长长的坡路，直到过了那片浓密的松林，才恋恋不舍地回过头来。

一次，由于自己工作上的疏忽，致使单位损失了大约五千元，我顿时不知所措，那大概是我半年的工资啊！我懊恼地逃回家里，每日忧愁郁闷。母亲渐渐发现问题，在她的逼问下，我才支支吾吾地交代了事情始末，心里做好了挨骂的准备。

可是母亲并没有责怪我，等我的情绪平复后，母亲才开口："孩子，真正的人生路你才刚刚起步，在这条路上哪有平平坦坦？它也会有陡坡，也会暴土扬尘，也会在角落里埋藏着几座骇人的孤坟，如果你害怕了，那注定走不远，你要经得起考验，才能一马平川，逃避不能解决任何问题，这件事情……"不等母亲说完，我的眼泪簌簌地掉下来……

这条马路，让我认识了知识的力量，让我认清了人生路。多年过后，经过不断地修整，路越来越宽，越来越长。我依旧奔波在路上，我的孩子也走在路上，这条路会到达哪里，我不清楚，但我会用自己的经验告诉她：长长的路，慢慢地走……

晚归，一路所见皆是心灵的风景

时针指向六点，又是晚归的一天。此时，夕阳像燃烧的火苗，熊熊火焰把整个天空点燃，嘶嘶作响的声音回荡在心底。

从前，这种时刻，总喜欢疾步回家。每天在生活中穿梭，身心已疲，像敛羽而归的倦鸟，飞回到鸟巢里养精蓄锐。

越是匆忙越容易丢失自己，把自己忙成陀螺，所得所想常不尽如人意。常走在寂寞的路上，像修行的苦行僧，披着简便的僧衣，携着简单的物品，收敛心智，一步一叩首。

此时，我愿意放空自己。在暮色天空下静静地看几朵闲云，不说话，恍然身在云端，仰卧在柔软的云里，让它牵着我远走他乡，寻一隅僻静，安放疲乏的心。

后来的后来，渐渐喜欢上被自己忽略的风景，品味一路相随的花香树影，草木虫鸣……

当太阳孤独地在山头徘徊，月亮的银辉还未掌管世间时，万物是寂静的。山水不言草木不语，小路上树叶之间相互碰撞的声音，在寂静中格外清晰。

小心地走在路上，生怕鞋子踩醒路上的沙石。那时路上无人，田地里的庄稼，在暮色里也即将安睡。路口的红绿灯闪着孤独的眼睛，等待着归家的行人。

路边的空地上，是大片的草地，几头老牛正在不急不躁地啃食青草。我像发现了宝藏，惊喜地望着它们，不亚于看见天外来客。它们摇着尾巴，或低头吃草，或窃窃私语，或抬头望日。一旁的牧人坐在草丛中，叼着狗尾巴草的嫩茎，吮着香甜的草汁。一只可爱的小狗，绕着草地到处跑，和蛐蛐儿捉迷藏，和蟋蟀在疯闹。草坪边的树木上，蜘蛛网在落日的余晖中闪着亮光，蜘蛛在织网，它倒吊着身子，要把世间所有的美妙织进网中。

闲适在脚边生了根，发了芽，脚步便轻快了。我在心中按下快门，一幅意境悠然的画面便印在心底。

时间最会给人惊喜，撩拨人的情绪，就如那次难忘的落日，也是在一次晚归的途中遇见。

坐在拥挤的公交车上，车里都是焦急的归人，拥挤、抱怨和疲惫，像一丝丝游魂充斥着车厢。不知是谁喊了一声"今晚的落日好大"，透过车窗，我眼睛被天边一轮硕大的落日吸引。

这轮美日如微醺的女子，刚刚吃了酒，迈着凌乱的碎步，急匆匆地来值守山头。她眯着蒙眬睡眼，一不小心将要跌落山巅，成就了美轮美奂的景致。

她离我如此近！仿佛我一伸手就能摸到她绯红的脸蛋，她不灼，也不妖，却引得行人追逐她的身影，一路赞叹，激动膜拜。

那天以后，我特别喜欢看傍晚的落日，可惜再没有遇见这样的美景。每次晚归，同样的归途，都会遇见不一样的风景。

看到美景时，我暗自在心中庆幸：还好没有和它们擦肩而过。虽然身心俱疲，可是我总能在纷乱中找到安详之所，在烦躁中遇见平静。

今日的残阳如火，在心中点燃了生活的希望，我触摸到生命的温度，可以如一朵野花摇曳在无人的山谷……

初见，是落在心口的朱砂痣

初见，独独一个"初"字便让人浮想翩翩。

"初"是刚刚落地的婴孩，脱离母体的第一声啼哭，清清脆脆，仿若要告知世间他的来临；"初"是婴儿粉嫩的肌肤，那清晰的骨骼，是技术高超的工匠，精雕细琢的作品，嵌入婴儿透明的凝脂里。

初见是第一次相见，却又是久别的重逢。

宝玉第一次见黛玉时，他就笃定"这个妹妹我曾见过"。那是前世的一个转头回眸，亦是三生石前的莞尔一笑，只为这一颦一笑，就甘愿踏千重山，趟万里水，追过八千日夜，才赶在此刻来见心上人。

此刻遇到你，从此弯弯的眉眼烙进心上。

如那融融的春日，雨燕黄莺飞在垂柳含笑的枝头。倚在树下，日光把影子拉长。柳枝开出了花絮，轻轻飘落在发梢，落在眉角。一声呼唤，惹人举头寻觅……

那双眼分明是清澈的溪水，潺潺地流进心间；又像万里无云的蓝天，干净没有半分杂乱。从此，沦陷在纯净里，十里春水不闻音，万亩花田失颜色……

而你，只轻轻地说一句："原来你，在这里。"

初见是在最纯真的时候，遇见你，不早不晚，刚刚好。

见到你时，如千匹白马从心中疾驰而过，足印中开出千万花朵。上一秒还是"和羞走"，下一刻已是"倚门回首，却把青梅嗅"，心中溃不成军，脸庞却平静如水。此时看山已不只是山，观海也不再是海了。

"初见"是纳兰容若的文字，在最好的时节遇见最好的你。

阳光午后，白衣胜雪的年纪，在一个街头的转角，遇见不谙世事的你，如在一池碧塘遇见一株清新的菡萏。我扬起一把欣喜的种子种满池塘，也许夜里，也许清晨，鸟鸣叫醒沉睡的种子，一枝新芽呼之欲出。

可能，在旷野里遇见一弯新月，闭目倾听，月下有风流动，如潺潺的溪流遇上顽石。于是，山野间，便抱石听风，空山观月；或许，在一阕宋词中遇上千古前的知音，在一首词里听风吟月，庭前抚琴，也可以月下煮酒，追昔抚今。

遇上风景，遇上你，心中被甜蜜盛满，一见面便挪不动脚步。千山暮雪是你，风花雪月也是你。

初见是山水的风骨，望了就想走近，近了就深深地沦陷在痴情的旋涡中，不论走到哪里，都无法忘怀。

初见是夜晚的星星，闪着眼眸，向你说着悄悄话，低声细语，穿过风声，路过树影，在你的心里呢喃。

初见是落在心口的朱砂痣，想起时必定疼痛，不思量，自难忘，于是把它收藏，放在心上……

五月槐飘香

通向海边的路宽且长，路两边翠绿的柳树随风摇摆着枝条，阳光下不知名的花儿展露笑颜，空气清新，心情陡然愉悦。路越走越深，远远地便能嗅到大海的味道，其中夹杂着淡淡花香。脚步渐渐加快，花香由淡转浓，甜甜的香味沁人心脾。同伴脱口而出："我要醉了，今天就留在这里了。"话音未落，大家已经置身于这片槐树林里。

这里叫仙人岛，是海滨旅游休闲度假区。仙人岛是伸向海中的小岛，三面环水，形如卧兔，因此又名兔岛。关于仙人岛的传说有两个版本流传甚广。

一是和八仙有关。相传八仙蓬莱渡海，见此岛如明珠立于茫茫碧波，上岛休憩，却遇龙王兴风作浪，百姓苦不堪言，遂与之敌，救百姓于水火。后人为谢八仙之恩，取名仙人岛。二是纪念霞姑。早时有一渔人，育有一女，名曰霞姑。父女相依。渔人入夜出海，其女立高岗提灯引航。一日，狂风骤起，渔人未归。女知凶多吉少，悲恸不已，念及他人出海，复立高岗提灯，天长日久，化为仙人，保渔人平安。此为仙人岛来历。

除了优美的传说，这里的美景也让人流连忘返。海水退潮后，露出光洁细腻的沙滩，绵延数十里，滩平浪缓，水净沙细，与本地其他海岸线上的岩石海礁相比更适合游人。岸边耸立十几组三叶如雪的风车，随风而舞，这无疑又是一道美景。而让我们心心念念的却是岸边千亩槐树海防林。

趁阳光正好，约三五好友，携子带女，一行人浩浩荡荡入槐林，找块开阔地安营扎寨。取出两顶帐篷，大人孩子七手八脚地把帐篷固定、拉起，临时房屋瞬间搭建而成。有了据点，孩子们就有了玩乐的城堡，大人们也忙碌起来。正值退潮时分，男人们忙不迭地踏入海滩挖海鲜，丰富野餐的食材。女人们纷纷拿出准备好的美食，献宝似的互相分享。而我既无美食又无心赶海，只有品尝美食的舌尖与观赏美景的心情。

美食还尚早，美景正当下。

我轻轻地闭上眼睛，沐浴在浓浓的花香中，双脚不由自主地随着花香移动。等我睁开双眼时，满眼皆是绿树白花。阳光拼命想穿透绿叶，无奈树叶茂密，只能挤过疏枝泻下斑驳光影。串串白花状如小小铜铃，在风中兀自飘散幽香，我摘一串捧在手心，倍感亲切。品一朵唇齿留香，香甜如故。儿时，家中粮食短缺，每逢槐花飘香，母亲总会采来槐花蒸菜饺，煮花粥，我们吃得满嘴留香，从此，槐花在我们心中是无法替代的美味。大人们采花为食，我们小孩子则以采花为美。摘花串串，左鬓戴一串，右鬓插一枝，香了发美了心，连勤劳的小蜜蜂也绕着我们飞来飞去。

前方雾霭缭绕，如诗如画，周围的槐树渐渐淹没在氤氲中。这时，一位美女盈盈而来，广袖长裙，衣袂飘飘。看到如此境界，我唯恐毁此美景，只呆立一旁。少顷，有一白衣少年缓缓而出，温文尔雅，玉树临风，俊男美女，眉眼里流转着款款深情。这样的袅袅仙境，鸟语花香，有情男女，真是一帧绝美画面。

"好了，休息一下。"

画外音传来，原来他们正取景拍摄呢！

前方有一段弯弯的回廊，坐着几位休憩的老者，谈笑风生。

"今年的花开得早了些。"

"嗯，蜜蜂提前来了。"

"一会儿咱们问问养蜂人蜂蜜是什么价钱。"

"行，时间还早，我们再采些花儿。"

话语飘过，几位老者站起身来，手中拎起装满槐花的布袋，慢悠悠地走向树林深处。我深望其背影，遥想老年隐居槐林，清闲过活，即使耄耋也会鹤发童颜，不禁哑然失笑。正如白居易的《夏夜宿直》里说："人少庭宇旷，夜凉风露清。槐花满院气，松子落阶声。寂寞挑灯坐，沉吟蹋月行。年衰自无趣，不是厌承明。"老年无趣，听听海潮，品品花香，即便独享寂寞，亦我心向往之。

孩子们的叫喊声自远处传来，往回走的路上，才发觉刚刚只顾闻香而行，却忘记欣赏槐花了。寻常之物，也不必在意，乡下农家，谁家门前没有几棵槐，河边没有几株柳呢？孩子们从没见过这么多槐树，他们摘下一嘟噜一嘟噜的花儿相比较着谁的更美，谁的更香，叽叽喳喳说起来没完，笑起来又如槐花般甜美，甜的，像蜜一样……

男人们收获颇丰，孩子们围在盛着海鲜的桶边久久不肯散去。吹着海风，尝着海鲜，赏着美景，唱着情歌，欢声笑语在幽幽的花香飞散得很远，洒在映着夕阳余晖的海面，闪着点点金光……

我忍不住向槐林偷偷地借了一缕花香，放在心的一角，这样心里时时刻刻都会欢喜无比。

弯腰是为了更好地扎根

车子行驶在桓盖线上，路旁的树木不停地倒退，转眼间便驶出了村落。朴实的老汉还在眼前，想着他对果树以及自己的态度，不禁恍然大悟，原来这位农村老汉才是真正的智者！

在城市里奔波劳碌的我们，借着假期来一趟心灵之旅。此行的目的地是百公里开外的石门水库。到达这里时，已近晌午。放眼望去，山清水绿，好不惬意。在石门水库的下游找到了一处林子，大家齐动手，支起炉灶，拿出准备好的食材，开火烹调。

遇见老汉时，我们正在研究剩下的柴火够不够烹饪剩余的食材。老汉从不远处慢慢地走来，听到我们的对话，他抬起头大声说："柴火不够的话，我家里有。"然后伸出手指向不远处的农家院落。于是"掌勺"师傅安心地烹调食物，我们"闲人"和老汉唠起了家常。

我对于石门水库的记忆停留在童年六七岁时，父亲常给我讲起修水库的那段时光，至今谈起他还是津津乐道。

问起老汉那段时光，他没有立即说话，瘦瘦的面庞略显凝重。他安静地摸出随身携带的旱烟袋，拿出一张卷烟纸，放上烟丝，卷起，用手沾了点唾液，糊住封口，另一侧用手拧了几下，再撕掉多余的纸边，"啪"的一声用打火机点燃，嘴巴用力地吮吸着封口处，烟卷瞬间亮起来，浓浓的烟草味道飘过了五十年的记忆，从久远中走来。

当年修建水库，这里地广人稀，家家户户生活困难，一年到头也吃不上几顿饱饭，听说这是个利国利民的大工程，人们沸腾了，四面八方支援的人一下子涌来。在这一年里，激情浓得像化不开的黄澄澄的蜂蜜，抵御着时不时袭来的饥饿。

老汉的工作突出，小队领导把他派到县城学技术，和他同去的还有几个年轻人。他们学知识，学技能，不断地丰富自己，回乡的日子到了，有两个年轻人贪恋城里的安逸生活，想方设法地留在城里，而他毅然决然地回来。他知道，苦难都是暂时的，生活哪能天天都安逸，忍忍就过去了。有的人说他傻，有机会留在城里，偏偏回来做个乡巴佬！他狠狠地吸了最后一口旱烟，跟我们说："我生在农村，长在农村，老也要老在农村。"说完扔掉手里的烟蒂，整理了烟袋，带我们参观他的小院。

院子里就是一个微型的果园。浓郁的花果香扑面而来，枝叶繁茂的梨树，花期未尽的枣树，硕果累累的桃树，碧绿的是叶，皎白的是花，绛红色是果，我们在花香果香树香的世界里深深沉醉！老汉走到一棵桃树下，摘下了几枚鲜红的桃子，用旁边的井水清洗干净，递给我们。刚入口，我们便觉得甘甜适口，在一番夸赞中，老汉不免有些自豪："这是我嫁接成功的矮化桃。"大家都愕然，这可不是一般的老农民！细细观察他院子里的树发现，大多数的树木都长得不高。譬如墙边的苹果树，粗壮的树干，茂密的枝条，每个枝条上都用绳子绑着一块沉甸甸石头，压得树枝抬不起头。我们纷纷猜测石头的作用，离奇的想法逗得老汉哈哈大笑："你们把简单的事情想复杂了，这么做就是为了不让它长高，这样能更好地扎根结果！"声声爽朗的笑声在树林间荡漾着，如风般吹拂过心间，深深地感染着我们。

本来有机会留在城里的老汉实实在在地扎根在乡土，有苦吃苦，有难度难，这是父辈人的朴实。他们也有青春的岁月，也有万丈的激情，年少的他们却没有现在年轻人的浮躁，无怨无悔地扎根在了乡土中，于是岁月有了古铜色的光泽。

我浮躁的心里，顿时有了一枚光亮的镜子，照出当下的自己，眼高于顶，心垢难拭。感恩这次心灵之旅，总说青山绿水涤心尘，不如说心尘还需心来拭，把心擦亮，怎会有尘？

"弯腰是为了更好地扎根"，老汉的果树如此，老汉如此，我们又何尝不应该如此呢！

一个中年女人的爱情观

经常会在喧闹的街头看到情侣相拥亲吻，偶尔也会看到他们在大庭广众下吵得不可开交，前一秒是浓得化不开的糖，后一秒就成了掺了沙的对头。

作为见惯风花雪月的过来人，看多了这样的爱情，越来越喜欢那些风中相携的老翁老妇。

岁月在他们的脸上雕刻着沧桑的痕迹，流年让他们的双腿走出蹒跚的印迹，时光的路上他们渐渐老去。即使这样，他们仍牵着彼此的手，在风起的时候，紧紧相握不曾松开。

这是父辈们的爱情。他们从年轻走到年迈，有甜蜜的相知，也有相处的吵闹。日子是细水长流的山间小溪，哗哗流向远方的途中，岂会一路平坦？

认识一对老夫妻，每天早早地经营他们的早餐车。小小的餐车正好容纳夫妻二人，老翁负责炸油条，做手抓饼，老妇负责打包，偶尔见老翁忙不过来，便去搭把手，常常见他们在干活时轻声细语。有时老妇会帮老翁系紧松垮垮的围裙，那蓝色的围裙泛着白，像他们几十年如一日的爱情。

十点钟左右，老人的餐车打烊。老妇细细地收拾操作台，老翁把车外的桌椅收起，他们不说话，却又默契十足。当太阳升起时，两人共同推着餐车消失在渐渐刺眼的日光中……

有人说，这是亲情，不是爱情。可这浓浓的亲情，哪一段不是始于缠绵的爱？

以前不屑于父母们的相携相伴，因为从我出生后，没少见他们争吵。记得吵得最凶的一次，连累了我家唯一的交通工具自行车，妈妈在气愤中把自行车狠狠地推倒在地，这架势是实在过不下去了。可到了第二天，木讷的爸爸早早地熬了粥，柔声地叫妈妈吃饭，昨天的一地鸡毛便化成了今日的铁汉柔情。

看父母一路走到现在，彼此之间曾相爱相知，也曾相背相杀。世上的爱情即使再浓烈，都会在繁华落尽后走向平淡。

曾写过一段心中对古人爱情的向往：案前，你铺开一展宣纸，执笔挥毫，我取真心入墨，轻轻研磨。落笔时，你的一笔一画便有了灵气，瞬间在纸上开了花；镜中，我在对镜贴花，你在为我细细画眉。一笔远山眉长清秀，一笔柳叶如月初生，一蹙眉头便笑弯了腰……

现在有必要加入一段中年女人对爱情的追求，夕阳西下，我倚靠在你的肩头，坐在榕树下的长椅上，听着涛声依旧。待月亮爬上夜空，口中吟着"千里共婵娟"的诗句，赏月吟诗，品茶谈心。一路风雨漂泊，耄耋之年也不松开你的手，纵是山漫漫水淙淙，陪你一起蹚一起闯。

假如你不信真有这样的情，那就请你去早市夜市走一走，一定会遇到老妇或老翁推着轮椅的身影，椅上坐着的就是陪伴一生的老伴；或者到公园里的小路上看一看，也定会寻到一对年迈的夫妻在春日中相携，赏赏春景，听听鸟鸣；或者在一处农家院落，老妇系着围裙拾米喂鸡，老翁刚刚码好一垛柴，坐在檐下的石阶上，不慌不忙地掏出烟袋……

我想，最好的爱情莫过于此。

生与死的距离

途经一段上坡路，望向车窗外，看见对面半山腰上有几座坟冢，枯草在坟头随风飞起，凛冽的北风吹得坟前的几棵松柏摇摇晃晃。此情此景似曾相识，十几年前的情景在脑中渐渐清晰。

那年的我身体糟糕透了。先是连续发烧，吃药打针后会退烧，但是第二天又烧起来，这种情况持续了好长一段时间，身体虚弱，心情异常低落，我迫不及待地回到妈妈身边。妈妈是个佛教徒，她常去的一座寺院正在做为期一周的佛事。妈妈劝我去寺院住几日，一是寺院清静，少了很多纷扰；二是忏悔往事，以求安宁。

晚上，我被安排在一个老居士的房间。老居士有六十多岁，穿着一身褐色的居士服，满脸刻着岁月的沧桑，满头银发一丝不苟地藏在一顶毛线帽下。她不苟言笑，白天在殿前参加佛事，晚上在床上修禅打坐，直到寺院统一关灯她才休息，那份从容让我有莫名的好感。

透过房间的西窗，看见对面山坡上几座孤坟，在月色下影影绰绰。风吹着后窗呼呼作响，心里害怕，连忙用棉被蒙住眼睛。看样子，要做噩梦了。胆小的我心里郁闷地想着。

"不用害怕，这是我们最终的归处，习惯了没人陪伴，以后的日子就不会难了。"老居士摸透了我的心思轻悠悠地说道。

我含含糊糊地答了一声，可是她那句话却在我心里咀嚼了一夜。快乐和痛苦没有人代替，生与死只能自己承受，何必执着于陪伴呢？我不禁有些懊悔：白天我还在执着在没人陪伴的情绪里，现在一想，即使亲人在身边，病痛也是我自己的。

第二天夜晚，再看见那几座孤坟，心中没有了先前的恐惧，反而平淡了许多。望着那片漆黑，不自觉地想我死后的那座坟冢会埋在哪片山坡，是靠着海还是迎着风……

后来我病情加重，仍然不忘从容应对。背起于我而言重如千金的背包，不慌不忙地拦截了回家的出租车。当我休克过去时，脑中还留有淡定的余温，正是这份从容淡定伴我在重症监护室里醒来。

对我来说，生和死只是醒来和睡着两种状态。

多年后，我面对了别人的生死。

先生的爷爷——我视作亲生爷爷的倔强老人，血栓瘫痪在床。几年后，油尽灯枯，带着他的不舍和无奈去世了。

从前他都是自己的事情自己做，虽然他已经八十多岁了，可他固执己见，坚持发挥余热，不给大家添麻烦。在刚刚瘫痪的那段时间里，他每天都要用没受影响的右手抓着窗棂上的栏杆向外望上一会儿，紧握栏杆的双手，枯黄却光亮，只是原本突起的血管已干瘪了。后来他能坚持坐起的时间越来越短，渐渐地需要我先生顶住他的后背，扶正他的身子向外望上一刻钟的时间。如果他累了，会用口齿不清的语调满足地说声"好了"，然后大家轻轻地把他放在褥子上躺平。躺下后，他通常会发出重重的叹息声，这样的叹息声在他生病期间没有停止过，有时会在寂静无声的夜里，有时会在相熟的人来探望时。声声叹息，在他口中越来越沉重，伴着他把厚实挺拔的身躯变得干瘪瘦弱，倔强不甘的心磨成了无奈，在一个冬日里悄悄地闭上了眼睛……

守灵时，望着他的遗体——这个干瘪瘦弱的老人，从前是那样倔强，终究改变不了结局！

山坡上，几座孤单的祖坟中又添了一座新坟。坟前的花朵鲜丽，插在新鲜的泥土里。北风吹起时，花枝四散，像抓不住的时光，更像把握不住的自己。

生或死，每个人的认知不一，遗憾不同。我的眼里不过是活着就认真用力地活，死时就像魂归故里般坦然自若，如此而已！

柳中情怀

一直想写写家乡的柳树，却不知从何说起。今年在冬奥会的闭幕式上出现了折柳送别的一幕，原本朴实无华的柳树瞬间高大挺拔起来。

"折柳送行"的习俗取自《诗经》中《小雅·采薇》："昔我往矣，杨柳依依；今我来思，雨雪霏霏。"古时"柳"与"留"谐音，表示挽留之意。离别赠柳表示难分难离、不忍相别、恋恋不舍的心意。后来很多诗句中出现"杨柳"，追本溯源，都是来自《诗经·采薇》。

自唐宋以来，关于柳的诗句特别多。我最喜欢的是鱼玄机的《折杨柳》："朝朝送别泣花钿，折尽春风杨柳烟。"其中"折柳送别"蕴含着一种对友人"春常在"的美好祝愿，希望友人像离枝的柳条，在新的地方，生根发芽。几年前一个朋友去异地发展，听到消息，我不舍，但最多的是希望他能在异乡发展得更好，想来只有鱼玄机的诗句最贴切。

从此诗中可以窥见柳树是易活的树种。不必说"无心插柳柳成荫"这句俗语，单单是从山坡到河边，从门前到农田随处可见的身影，就知道它不挑剔生长环境，也不是娇生惯养的树木。每逢春日盎然，它便舒展枝条，在春风的吹拂下，曼妙地舞着婀娜的身姿。

清明过后，柳烟袅袅。这时候坐在树下，满树鹅黄像是初生的鸭雏，懵懵懂懂地挤在一起，毛茸茸一片。风儿荡过，万千柳条仿佛荡上秋千，赶着参加春天的聚会。

柳絮翻飞的日子过去了，柳叶开始肆意生长。摘一片柳叶，心中不由想起武侠片中英姿飒爽的男主人公，手持绿柳，以叶为笛，吹奏一曲悠扬婉转的曲调，吹出了柳叶的唯美。

可以比肩"折柳送别"式的浪漫非花环不可。小时候常在田间随父母劳作。到了午时，太阳越来越烈，晒得人打不起精神。这时父母会折几枝柳条，用他们粗糙的手将柳条编织成环，再采几朵野花装饰，简单美丽的花环就可以戴在头上。有了花冠，干劲十足，农活也不觉得累了。

小时候最常看到父亲用柔软的柳条编织筐篮。篮子不大，作用不小。常装些鸡鸭的食物，有时候装些猪的饲料，更多时候装的是农田里丰收的玉米、红薯，以及果园里的水果。我们像蚂蚁搬家一样往回搬，小小的柳条筐装下了我们整个童年。

仲夏的夜晚，月朗星浓，门前的大柳树下聚集着家人和邻居。大人们在树下谈天说地，孩子们在树下疯疯闹闹。天真的孩童常以为大家会一辈子在一起，从来没有想过青梅竹马的伙伴们，多年后会如星星一样散落在各地。

孩子们安静的时候，多半是在听邻居爷爷讲故事。顽皮的孩子们赶紧坐好，聚精会神地听爷爷讲起孙悟空大闹天宫、三打白骨精……这些故事逗得孩子们哈哈大笑。一天天一年年就这样过去，孩子大了，爷爷老了，那棵大柳树也沧桑了。

有一次路过一片田地，看见孤零零一座房子，房前有一棵大柳树。这棵柳树很粗壮，年轮已长。远远望去，一处老房子和一棵孤独的老柳树立在空旷的田野里，不知道树下发生过怎样的故事，树里珍藏着哪些孩子的童年，会不会也有一位老爷爷讲着动听的故事！

习惯心情烦闷的时候去河边走一走。坐在垂柳下，手中握住随风荡来的柳条，就像握住了一片飘逸的云，把烦恼交付于它，它便会飞上青天。抬头仰望，那些恼人的事已随柳条飞得无影无踪了。

江南烟雨中

梦寐中我回到江南。

在烟雨朦胧的小巷，撑一把清新的油纸伞，走上湿漉漉的石板路，做一回戴望舒笔下的丁香姑娘。

鞋子与石板碰撞出心灵的温度，不经意的碰触，便在这样的日子开出鲜艳的花，结出丰硕的果。

江南的空气是湿润的。草木的绿是从水中刚刚捞起的绿，新鲜而干净。花朵繁茂鲜艳，在湿润的土地中肆意疯长。

最喜欢在浓雾或烟雨中出门走一走。

浓雾里，江南的模样神秘起来，仿佛眼前的景色是不远万里跌落进了红尘，隐遁在世间一角。

高低错落的民宅安静得像一位修禅老僧随口而出的偈语，平淡又深刻，随时可以开启一段记忆的门。

白墙青瓦的院落是江南的花朵。白墙为花瓣，镌刻着一段段历史；青瓦为花蕊，收藏着一首首老歌。

我不是江南人，却和江南一见如故，那是深入骨髓的恋恋不舍，那是前世对今世的喃喃细语。我相信这是千年的光阴走入淡淡的乡愁里。

此刻的烟丝细雨，笼罩着白墙青瓦的岑寂。

古旧的老屋闪着瓷器的光芒，偶有小小的杂乱无章，也如陶瓷的开片，沧桑中略显可贵。

石板的角落里有一席席隐秘的青苔，那是巷子遗落的最深痕迹。它们在历史中成长，见证了巷子的兴盛与衰亡，人事的变迁与更迭。它们捡拾起人们的记忆，结在细小的口袋中，常常取出来追忆。

抚上墙壁，从深浅不一的色调中看得到生活的烟火，它们一路高歌一路前行，足迹覆上门前的小河。

门扉上的那把铜锁老了，斑驳的老绿侵占了它的青春，在房门的开合之间，把一场烟雨或一段岁月牢牢封锁。

雨丝轻轻盈盈地洒在脸庞上、外衣上，像唱昆曲的女子咿咿呀呀的曲调，在心里荡起若有若无的波澜。站在雨中，真切地感受着雨丝，感受着江南的心跳。

水乡是江南的灵魂。正如李珣的诗："山果熟，水花香，家家风景有池塘。木兰舟上珠帘卷，歌声远，椰子酒倾鹦鹉盏。"

清晨的水乡，浣衣女撩起河水，相互间玩笑着，吴侬软语将水草灌醉，躲在角落静悄悄地听着乡音。

在水乡，乘一叶乌篷船行在烟雨中。船主披蓑衣戴斗笠，摇响吱吱的橹。坐在乌篷下，品着通透的空气，冲一壶香醇的桂花茶，听着吴侬细语，尝一块甜脆的荷花酥，江南之行才不至虚过。

或者吹一阵芰荷风，满塘碧绿，荷花飘逸如风，一句"接天莲叶无穷碧，映日荷花别样红"，荷塘的热闹一览无余。

好一幅江南百景图！如果暮色四合，夜晚的江南又会别有一番景致。

我不在江南出生，不在江南成长，却觉得江南是我前世的故乡。所以常常做着江南梦，顺着梦的指引，按图索骥，走一走江南路，瞧一瞧烟雨中的江南！

立春：春水初生，草木渐醒

立春是二十四节气中的第一个节气，它代表冬的结束，春的开始。"立春一日，百草回芽"，大自然万物渐渐复苏。

斗转星移，当北斗七星的斗柄指向寅位时，便立春了。杜甫有诗云："冥冥甲子雨，已度立春时。"立春是岁首，亦是万物起始，从立春日起冬雪化春雨，洋洋飘洒，恩泽大地，万物将复苏生长。

春风十里，春水初生

南宋白玉蟾有首七绝诗："东风吹散梅梢雪，一夜挽回天下春。从此阳春应有脚，百花富贵草精神。"今日送走寒冬，迎来春天，新的希望已经开始。

春风吹遍万里河山，万物回春，此时世间是幅涌动的图画，万物皆成诗篇。

大地听到春的召唤，在黑暗的角落悄悄醒来，那是春归的一双眼睛，更是万物的一声号令。春已归，整个山川都在蠢蠢欲动。

"轰隆隆"的第一声春雷响起，鸟雀惊起飞天，俯瞰一幢幢整齐的房屋、一片片干枯的平原、一座座沧桑的高山，如嗷嗷待哺的幼鸟张开干裂的嘴巴，等待春雨滋润。

顺着河堤一路向西，来到河流的入海口。白茫茫的冰雪封印着河面，还在艰难地坚持。远处的海面有零星的浮冰，堆起层层冰块，如古诗中走出的千堆雪影。

岸边汰流下，有股河水入海，清清冷冷的样子仿佛缓缓流走的一季恋歌，贪恋着大地的最后一丝冬日冰冷。

春已归位，草木渐醒

木心说："迎春送春是说说的，春天又不是一个人。"

春天不是一个人，而是无数人期盼的时光。春天静静地来，忽如一夜间开放的花，昨日只见花苞，今日已然怒放。春天更是农民的殷殷祈盼。在他们的祈愿中，春季的第一场雨终究是要落下的。

春雷响过，春雨姗姗来迟。它像娇羞的姑娘，忸怩不安地洒下一场雨后匆匆而过。

草木在雨落的瞬间醒来，揉揉眼，伸伸腰，舞动着春天的希望。在一片安静的春光中，我仿佛看见蓬蓬草木从《诗经》中醒来。

人们在大地上撒下希望的种子，期待种子长出新芽。树木放下矜持，裸露出渴望，在风雨的助力中摇晃腰肢。

天空中热闹起来，南归的燕群一拨拨飞回。晨起拉开窗子，便有一粒粒鸟鸣落进窗口，喜悦随即种入心间。

喜欢在春季里行走，喜欢在不经意间与美好相遇，也许这一美妙的瞬间是历经四季，冲破风雨的阻隔才赶到这里与我们相逢，单单是为了这次久别的重逢，我们该有潜然泪下的感动。

立春，是一段崭新的开端。踏上四季的征程，看草木葳蕤繁祉，观流瀑喷涌而下，大好河山，万千星辉，在眼中闪耀。

春归来，水初生，草木已醒，自立春之日起，愿你一日一安，岁岁美好。

春归旧庐　且听风吟

举目环望，老屋到处是沧桑，像一曲萧瑟的咏叹调，低沉入心，唤起簌簌清泪。

门楣上残存着旧春联，被风吹得呼呼作响，仿佛在低声呜咽，慨叹世间万事，繁华终将落尽。

墙壁上刻着交错不规则的印记，是过去日子的走笔，刻着悲欢，画着喜乐。曾经的笑脸和泪痕，经过岁月的沉淀，不过是壁上一笔，墙上一画，余下交给滚滚而去的时间。

门锁是落魄的。他路过纷乱的春花秋月，生活中孤苦无依，唯有封锁门扉才能唤起此生的价值。锁住四季，锁住冷暖，锁住自己的一生。

灶间有烟火的遗痕。灰黑色的烟迹是火苗片刻欢愉的跳跃，那是它短暂燃烧的修行之路，遗留给生活清欢，并赠予世人悠长光明的日子，仿佛人从世间路过，不带走一片叶子。

风儿驮着春的消息跑遍万里河山，唤醒草木生灵。

屋檐下的鸟巢生动起来，在春风中略显娇俏，仿佛明日燕雀就会在一夜间从南方纷沓归来，积攒着一箩筐的叽喳声，热闹整个春日。

院墙下爬满枯萎的藤蔓植物，顺着干瘪的藤，攀上时间的城墙……

风过草木，草木中便写满春的诗句，平平仄仄，朗朗上口，那是千年前的风吹来唐诗的韵脚，遗忘在这一季的草叶木干上；那是用清风晨露滋养的灵魂，在大地上吟唱起春的歌谣。

掀开落叶，露出月季花的老根，握一把新鲜蓬松的泥土，像握住了整个春天。鼻息里是泥土的新鲜，手中是泥土的呼吸，双手松开的瞬间便如僧侣们唱起经声梵音，对生命的敬意不禁油然而生。

春天的摇铃系在梨树枝头，它拼命地召唤苏醒的生灵。"雨后寒轻，风前香软，春在梨花"，仿佛春天只在白雪般的梨花中。

春风迫不及待地留下足迹，吹起大地的裙摆，时不时把残枝枯叶挂在树间晾晒，尘埃成了座上宾，枯草成了堂下客，万物在风中迷失。

想起古人常将相思诉于细雨，请它尺素传情，把最矜持的情话捎给心中惦念的人。如今有风，何不以风作鸿雁？风比细雨更细致，不管心上人在哪，定能寻着脚步找到。

倚树听风吟，在陌上看桑女采茶，素衣如麻；盘坐在树下，以地为席，古词琴曲来做客。斟上一斛春风美酒，醉了可谈古论今，闲话桑麻；或者立在旧居的檐下，听听猎猎风声，是否有情话传来……

芦花深处秋正浓

西风吹起，吹乱了芦花，吹皱了秋水。

草木们偃旗息鼓，准备退出绿色的战场；候鸟们忙着迁徙计划，已经没了踪影；大地在枯萎，山川在消瘦。

站在河岸边，看一片汹涌的芦花，在斜阳中摇晃着单薄的身姿，略显萧瑟。

浅滩上有几只白鹭，浑身的羽毛胜过白雪，偶尔一声鸣叫惊起了河水的阵阵涟漪。它们像孤独的孩子，立在芦苇枝上，沉静地眺望着西去的斜阳。或者落在浅滩，悠闲地踱着优雅的步子。

想起"白鸟一双临水立，见人惊起入芦花"的诗句，试想惊起的白鹭扑闪一下翅膀，"嗖"地钻入芦苇丛中，顿时寻不到它那如雪的身影，仿佛刚刚自己做了一场虚无的梦，把握不住手中的时间，一瞬间流逝而去。

斜阳焰火般染红了半边天。

一对老夫妻从桥的对岸相携而过，夕阳在他们身上洒满余晖，身后拖起长长的影子。那一刹那，双手如同触摸到了苍老的年轮，刻满时空的印记，回首往昔，一切都化作烟云。

夜色渐渐如潮水般涌来，桥梁隐没在黑夜里，青山已浓得像化不开的墨。

蒹葭萋萋，在暮色四合中明亮了傍晚。上弦月披上锦衣，悄悄地爬上半空。芦花的脚下流着潺潺河水，清月赐予它点点碎银，在水的褶皱里闪闪发光，仿佛孩童清澈的眼眸纯真地看向你。

芦花们暂停摇摆身姿，在月夜下相互耳语，叙述一个美丽的故事。祈盼河的对岸，有佳人撑着一叶孤舟，唱起古老的歌谣：蒹葭苍苍，白露为霜，所谓伊人，在水一方……

如果有佳人来，我会趁着微薄的月色，为她备下一壶新酿的桂花酒，再折几枝芦花陪伴，对饮小酌，纵情世间。

此情是惺惺相惜，如久别的知己在转身间相逢，又在分别后相互挂念，常写素笺，鸿雁传书；是窗前的捕梦网捉住的美好时光，在月如钩、花如雪的夜里翩翩飞舞。

蒹葭苍苍，在墨染的夜空中，芦花如雪，苇丛似梦，封锁住秋的记忆沉醉在大地里。

芦花低垂着头，苇丛中藏起的白鹭在酣睡，昆虫们早没了身影，连一声鸣叫都没有留下，秋风不知躲在哪片芦苇中打盹儿，除了依然流淌的河水，夜晚的芦苇丛一片宁静。

不知过了多久，潮湿在芦苇中氤氲，水汽在空气中凝结。随着时间的流逝，凝结的露珠宛若天女散花洒满那一柄苇叶。土黄色的叶子上便多了晶莹剔透的秋意，那里结满秋寒，装着秋的灵魂。

秋雨滴梧桐　一任相思长

凄冷的秋雨打湿了一棵棵梧桐，雨水顺着凌乱的叶子滴落下来，如离人哭泣的泪水打湿肩头，微微有些凉，有些冷，秋天就这样无声无息地来了。

推开窗子，冷风入怀。

夜晚在乌云的拥抱中沉迷。星星有了心事，想说与月亮，可月亮早已躲进薄薄的云层里，隐藏她淡淡的光辉，半眯着眸子，冷眼看着世间。

远山在夜幕中隐居。远处，隐隐约约从深浅不一的轮廓里，捕捉到它们远去的背影，萧瑟而沧桑，宛如一位老者携着最爱的烟袋亦步亦趋地走在风雨里，一阵风起，便消失在尘世中……

院子里的木槿花在雨中沉睡，她闭着眼睛缩紧身体，不理俗事；月季靠在墙角，打着盹儿。雨落下时，她长长的一声叹息，任凭浓浓的香气在空气中弥漫，像伯牙奏起的《高山流水》，在草木中蔓延开来。

角落里有一瓮旧陶罐，宽口大肚。从前用它盛几枝枯荷或瘦梅，如今却因为它过于笨拙，弃之院角，任由它风吹日晒，苔痕绿衣。原想它会孤独千年，不料却生出了闲情。雨落听雨响，风动洒风声，积一坛清风，聚一罐疏雨，把自己孤独的内心填满。

一只蛐蛐掩在陶罐的脚边，不顾冷雨，有一声没一声地鸣唱。静寂的夜里，它的调子格外悠长，落在草丛，落在花心，落在梧桐树上，也落在幽邃的寂寞里。

檐下的秋雨，滴滴答答地打在屋前的石阶上，一阵寒意吹来，惊醒了睡梦中呓语的燕子。它忽然起身一跃，抛弃了屋檐的栖息地，张开翅膀"嗖"的一声滑过雨帘，落在梧桐树上，张望着寂静的四周，急匆匆地寻找一丛树叶避雨。在叶片的遮掩下，它敛羽而立，抖落掉一身的雨水，静静地把头深埋在翅膀里……

檐下，雨滴还在声声响。

我伸出手去，雨淋湿我温热的手掌。掌心汇聚着一捧冷雨，仿佛我的心从热烈的夏走到冷冽的冬。凉意袭来，身体不由得战栗，裹紧衣衫，立在窗前，而心却已不知所踪。

思绪踏上湿漉漉的石板路在雨中飘散，相思在梧桐下疯长，任雨水一点点滴落，溅在泥土里……

夜里，尘嚣已褪，耳畔传来疏雨打落梧叶的声音。梧桐叶沉沉落下，在水洼里打着旋，仿佛一只载满心事的小舟划在落寞的心海里。

将过往与思念印在梧桐叶的脉络里，顺着雨水，流过千重山，渡过万里水，把我湿淋淋的问候带到你的身边。

雨停了，月亮渐渐探出头来，重新照耀着夜晚。一阵"沙沙"声响起，坚定的脚步踏着落叶声越来越近……

雪落已知春信至

这场雪静静地下了一天。

鹅毛般的大雪从空中飘落,一会儿工夫,地上已是白茫茫的一片。

雪花淹没了我的脚印,站在白雪皑皑的天地中,顿时感觉自己那么渺小,似一粒微尘,随时都有被埋没的可能,像寒冰封锁河流,不留一点痕迹。

我是愿意被它淹没的,我愿意接受它的拥抱,甘愿化作一片雪,与它们一起泽被万物。

我愿意飞降在一棵松树上。蓬头垢面的松针刺痛我的身体,我依然固执地为它洗去尘埃,恢复它往日的抖擞精神。当松枝挂满晶莹剔透的雪堆,我会安心地窝在枝头,静静地听一枚松子儿掉落的声音。清脆的回响荡漾在我的耳边,那是魂归故里的坦然。

随着风起,我猝不及防地跌落在女孩的睫毛上。她纯净的目光,如水的眼波让我深深着迷。在长长的睫毛里,我看到不一样的人间烟火,原来人间在她眼中改变了模样。女孩的体温融化了我,我变成一滴泪珠闯入她的眼，化作眼波如水，凝望人间。

我会落在平坦的道路间。当一群叽叽喳喳的鸟雀飞来，也许我可以滋润其中一只鸟的喉咙，以便它能唱出更嘹亮的歌声，来打动寒风中的萧瑟灵魂。或许有人踩过我的头颅，踏过我的脊梁，在雪白的身体上刻印一串沉沉的足音；也有车辆碾过我的躯体，留下深深的车辙，可我依旧坚持"生活以痛吻我，我却报之以歌"。

我来自水泽，历经万千劫数，幻化作渺小的一片雪。我知道自己终将羽化成尘，所以我将在化作尘埃前，让自己活得充实丰盈。

我从高空飘下，只希望以优美的姿态降落，即使落进无边的大海，也无怨无悔。

也许我会站在屋顶的瓦片上，眺望山河大地穿上银装。浩浩荡荡的白如潮水般袭来，淹没了城市，淹没了山村，淹没了阡陌小路，似乎这都在我的意料之中，就像白雪取代了星辰月光掌管了黑夜。

也许我会卑微如草，在一片雪白的田野或山林中，轻轻遮盖住休眠生物的洞口。期待它们蛰伏休养一个季节，当春天的惊雷一声召唤，它们便会容光焕发。

春天在它们的眨眼之间，在我飘零的身影之后。

突然间，我的灵魂苏醒了。原来我是春的先行者，将一封封春信送达给大地。我可以大声地对江河湖泊发出春的召唤；可以落在檐角的风铃上，摇响春归的信号；也可以吹响冰制的号角，通知山川平原关注春的轨迹。

我用尽力气冲进泥土，唤醒沉睡的大地。揭开土地的被角，听着泥土的窃窃私语，我的脸上有着无与伦比的自豪……

当我化作一江春水，身影在波涛中翻滚，声音被浪花淹没，耳边却传来大地开裂的声音——种子在悄悄地发芽。

第四章　爱在寸缕间

春芽

　　春天到了，母亲应该是最欢喜的。

　　随着气温的回暖，土地里的小草悄悄地冒出头来，花花草草陆续发出芽，此时的草木即将茂盛秾华。从千峰皑白、万物冰冻的严冬，恢复到蓬蓬勃勃生机盎然的春天，有谁会不喜欢呢？是的，母亲也喜欢，可是她喜欢的一定与你不同。

　　她喜欢刚刚冒尖的芽。那不是绿得让人怜爱的草芽，不是即将开放的花芽，而是结在香椿树上的香椿芽。这一树的香椿芽是她一年的牵挂。

　　不知她从哪里弄到的香椿树苗种在房前。我的家乡靠海，乡人对这种"树上蔬菜"不感兴趣，只有她天天盼着春天复苏。

　　春天一到，她的任务就从盼望转到守护香椿树，生怕淘气的孩子摘了喂鸡鸭，或是不知内里的人随意糟蹋。

　　椿芽大了，她便迫不及待地摘了下来。一会儿工夫，满树上只剩下光秃秃的枝干。你责怪她对草木没有半点怜爱之心，她回你一句："再不吃，椿芽就老了。"

她最拿手的是香椿炒鸡蛋。菜一出锅，满屋都是浓郁的香气。和鸡蛋一起入口，满口留香。或者烙饼的时候放一点椿芽末，饼的味道瞬间有了层次感。香椿芽多了，可以把它焯水，切成寸段，加盐腌制，装入玻璃瓶中密封，几天后就可以食用了。

　　她常做好送我一瓶。我把她熟知的做法都做了一遍，还是吃不惯那个味道。听了我的埋怨，她接话："吃惯了就能感觉它的味道香着哩。"是啊，这是她最熟悉、最难以忘怀的味道。

　　年少时她经常吃，那时她还是没有出嫁的闺阁女子，家乡在遥远的山东。

　　她小时候家里困难，农村最难熬的是春天。冬天储存的蔬菜快要见底，新鲜的蔬菜还看不到影，此时香椿是最应景的时令蔬菜。

　　她们村里的香椿树长得高，一到春季，树上刚冒出椿芽，树下就乡人不断。

　　姥爷驼背，摘香椿芽的事自然就落到了身材高挑的母亲身上。别人需要跳起来才能摘到椿芽，母亲踮起脚尖就能轻轻松松摘一大把。低处的椿芽摘完了，她们就用钩子把高处的树枝压低，有胆子大的就爬上去，这家摘一盆，那家摘一袋，总之不能空手而归。就这样，香椿一茬儿又一茬儿地摘，一棵树养活了一村子的人。

　　嫁到东北后，我们这里没有香椿树，只有一种与香椿相似的植物，叫臭椿，古人把香椿称为椿，把臭椿称为樗。乡人不喜欢吃香椿，对椿樗之别更分辨不出了。

　　多年前，舅舅从山东来看母亲，给母亲带了很多家乡特产，家乡的茶，家乡的酒，家乡的米，家乡的面，还有好几瓶腌制好的香椿。她如获至宝，每次都舍不得多吃。

　　她的香椿做法都是照搬家乡的那一套，特别是腌制好的香椿，拿出一瓶问，她做的和家乡的香椿哪个味道更纯正，她会告诉你都一样好吃。

可是怎么会呢？不一样的土壤里，即使是同一种植物，味道都会大相径庭的。或许，在她心里，两块土地都是她的家，两种味道都是故乡味吧！

这几天她又给我送来一瓶香椿芽，瓶盖一开启，孩子们捏着鼻子逃得老远。我连续吃了几个春天，已经习惯了香椿的气味，甚至有些依赖，有些上瘾。

原来对于味道的接受是可以培养的。难怪那些远嫁的新娘，初到一个环境风俗饮食和家乡大相径庭的地方，经过多年的生活，全盘改变了从前的习惯。从此，世上少了一个外地人，可是多了一种愁绪——乡愁。

我想，明年我也会在春天里期待着椿芽。

父母的财富

我从来没有问过父母的财产有多少，如今他们是年近古稀的老人，辛苦一辈子，总该是有些财富的。可是在我心里，纵使他们再富有也敌不过从前，那时他们贫穷亦富足。

记得家里有几亩土地和一堆渔网，日子过得简简单单。每日粗茶淡饭，却丝毫不影响年轻力壮的父亲上山下海。

农忙时，他每天上山侍弄土地，晚上照样下海打鱼，累极了他回到家里倒头就睡，第二天恢复活力又开始新一天的活计。他每天这样忙碌，忙得不亦乐乎。

母亲不知从哪里要了只小狗，没过几天，又收养了一只流浪猫。刚开始小狗和猫互相看着不顺眼，常常挑衅斗殴。日子久了，两只动物相处得其乐融融，分列房门左右，如门神般看家望门。照顾小猫小狗，我们的生活多了许多乐趣。

后来土地少了，父母开始养鸡。父亲会做泥瓦匠活，空闲时间他盖了几间房子，留作鸡舍。

第一次买了一百多只鸡雏。刚孵出的小鸡，需要在温暖的地方度过平稳期。我们把屋子里的大炕让给了小鸡雏们，一家人挤在小屋的小炕上。几天后小鸡们可以搬到鸡舍里了，全家齐动手转移它们。当我触摸到它们柔软的羽毛时，才真正感觉捧起家里财产的一部分。

鸡产蛋后，母亲负责去市场卖鸡蛋，父亲负责小鸡的饮食。他们有了经验，饲养鸡的数量也逐年递增，最多时养到六七百只鸡。鸡全身是宝，鸡蛋、鸡肉，连鸡的粪便也可以卖钱。

那段时光是家里最富有的日子。一处四间房的小院，两侧是住着几百只鸡的鸡舍，一条狗，一只猫，五口人齐心协力热气腾腾地努力生活，虽然每天都劳累得很，心里却很富足。

我们长大后，从工作到结婚渐渐离家而去。父母亲上了年纪，把最后一批鸡卖掉，相继又卖掉了渔网。他们开垦了一片土地，栽上了苹果树，专心伺候起果园来。父母在果园中忙忙碌碌了几年，后来由于公园扩建，把果园划入公园的范围内，他们才失去了果园。

此时的父母身边没有了土地，没有了鸡，没有了渔网，没有了孩子。那只收养的流浪猫，在我家生活了几年后死去了，现在只有一只狗默默地陪着他们。

他们是闲不下来的人，在另一片山头开垦了半亩的荒地，在那里种上了杏树。劳作了几年，父母随村子搬迁到了楼房。狗送给了别人，那片小小的杏树林成了他们最后的财产。

前些年，他们到了退休的年龄，每月按时领退休金。日子过得悠闲，可是父亲闲不住，每年春天都去杏树林里劳作，一直到有天父亲把林子托付给我们，我知道他是真的累了。

走着那条父亲走过无数次的山间小路，看着父亲看了无数遍的一草一木，吹着父亲吹过无数次的风，我重温着父亲汗水的温度。

春节回家，母亲和姐妹们微信聊天，父亲在沙发上打着瞌睡。他们的头发日渐稀少，身体日趋佝偻，精神日渐萎靡，想起年轻时的他们，我不禁想：即使家财万贯，又能怎样？父亲还能像年轻时有着使不完的力气吗？还会上山开垦土地，下海打鱼吗？会有饲养小鸡、小狗、小猫的心情吗？……父母的力气越来越小，精力越来越少，时间越来越宝贵。相反，他们的病痛越来越多，年纪越来越大，寂寞越来越长。

爱在寸缕间

姥姥九十多岁了，她最爱唠叨从前的时光，越上年纪记忆越清晰，岁月在她没有牙的嘴里慢慢地咀嚼，一点一点碎成小小的片段，在她难懂的乡音里我们拼凑出一个完整的故事——关于她随身珍藏数十年的旗袍。

那是一件锈红色的老式土布旗袍，长袖斜襟立领，胸前绣着同色微浅的月季花，针脚细密，微红的月季花睁着惺忪的眼好似刚刚开放。最奇特的还是精巧的盘扣，那是不常见的蝴蝶扣，黑色的蝴蝶从尘嚣中飞来落在旗袍的衣襟上、领口上、腋下、腰间还有下摆的开衩处，扣子整齐，一眼望去，一件及膝的旗袍便一览无余了。

这件袍子是姥姥结婚后，姥爷亲手做的。

姥爷个子不高，驼背，不善言辞，这样的情况在当时的环境下很难养活自己，只能选择裁缝手艺傍身，好在他的手艺活不错，十里八乡也算小有名气。姥姥当年长相出众，找个好婆家不费吹灰之力，可她就相中了姥爷，家里人百般阻挠，最后她以死相逼才如愿嫁给了姥爷。婚后的他们很少吵架，看姥姥一个眼神，姥爷就知道接下来的事情。姥爷做衣服时，姥姥也清楚明了每一个步骤，及时地打着下手，闲时她绣鞋垫，纳鞋底，经济虽不宽泛，但也能温饱过活。

姥姥怀孕时，白天帮着姥爷打下手，晚上纺纱织布，她做好了打算，要织一匹布，为即将到来的孩子做一身衣服。姥姥每次说到这里，沧桑的脸上顿时有了颜色，心中有期望，苦点累点都会幸福值得吧！

姥姥的头胎生得并不顺利，经过两天的疼痛，孩子终于呱呱坠地，是个女婴，母女平安。姥爷刚刚松了口气，稳婆一声急呼，打破了得子的喜悦。原来孩子在脱离母体后体温下降，心跳微弱，经过一番折腾，孩子还是夭折了。

此时的姥姥已经身心俱疲，心口压着一块巨大的石头，压得她喘不过气来。没过几天，她便把自己关在屋子里不停地织布……这匹布织完了，她也病倒了。

她重新来到姥爷的裁缝间时，姥爷正在给一件锈红色的旗袍缝着盘扣，蝴蝶状的盘扣在他灵巧的手中上下翻飞，那件旗袍的布料正是她没日没夜织完的。旗袍完工时，姥爷很郑重地把它捧到姥姥身边，深情地说："穿在身上，就好像孩子伴在身边。"姥姥眼睛一热，泪水哗哗地流了出来。

穿上旗袍，看着镜中的自己，苗条挺拔，一袭古典的气韵里闪着母爱的光辉，"取个名字，就叫花吧！"说完，姥姥便拿出针线，一气呵成绣上了一朵月季花，花朵刚刚开放，吐着几丝淡黄的花蕊。

从此，清闲的日子里，姥姥都会身着旗袍，整个人便安详宁静。她的气韵惊艳了周围的邻居友人，引得女人们争相效仿，人人都做一身旗袍，可这背后的故事只能藏在摇曳的风姿里了！

此后，姥姥又孕育了三个子女，每个孩子都有一件锈红色的衣服，都是姥姥织的布，由姥爷亲手缝制而成。

日子越来越忙碌，姥姥的那件旗袍因为诸多不便被她收了起来，只有在家庭聚会时才拿出来穿，但是她却越来越喜欢中式的衣服。

翻看她的衣服，很多都有立领对襟盘扣的特征，每次给她买新衣，必先看看款式，如果是翻领纽扣式的，她便断然拒绝。如果是中式的立领式，她会欣然接受。询问原因，总是那句老话："习惯了！"

她也喜欢看晚辈们穿旗袍。

有一年她的生日宴上，外孙女穿了一件粉色缎面斜襟旗袍，她摸着布料不停地说好看，看见灵巧盘扣，又是不停地盛赞："如今的料子真是好，这盘扣也精巧，当年你姥爷给我缝那件旗袍的盘扣时，为了让扣子定型，手都被针给扎烂了。"我们当即决定要给她买一件新款的旗袍，她连忙摆手："你们的心意我领了，只是我的旗袍里有你们买不到的东西！"而此时，姥爷已离世二十年有余了。

收拾姥姥的衣物时，那件旗袍还是平平整整地包在包裹里，放在衣柜的最顶层，它静静地躺在深深的光阴里，见证着每一段缘分，每一个故事，每一颗柔软的心……

那山　那海　那地方

　　我离开村子已经十数载了，在我的记忆中村庄山美海阔，民风淳朴，童年趣事时常萦绕脑海。

　　村庄三面环山，西面傍海，走进村子，阡陌交通，鸡犬相闻。我家坐落于南山，恰好在通向海边的主路上。院中有一条土黄色的老狗，蜷缩着身体趴在地面上打着瞌睡。听到进院子的脚步声，它激灵起身。遇见生人"汪汪"狂吠，如果是家里人，它则摇晃着尾巴，发出亲昵的哼哼声，叫你忍不住冲过去抱抱它，细细地摩挲它的脑袋。

　　院外的空地，有几棵老垂柳，树下坐着乘凉的邻居，闲谈笑语不过是庄稼何时开垄耕种，海上收获如何。孩子们多半在捉虫捕蝉，从不消停。

　　南山是村子的最南端，每年秋季瓜果丰收，我是必去的，因为叔叔家的几亩果园就在那里，我们会随着大人一起摘收苹果。孩子们凑在一起，胆子大的可以爬上树，采摘高处大人够不到的果实。每每这时，我是第一个认怂的，因为我的胆子很小，经常被姐妹们取笑，所以还是帮大人抬筐递果最适合我。看着红扑扑的果子在手中雀跃飞舞，然后整齐地码放在棉槐编的大筐里，心里就像成熟的苹果甜着呢！大人们笑容满面，谈笑间倒像个孩子，对我们格外宽容，叮嘱我们只要注意安全，满山坡都是我们的天下。

家对面的山坡是花果山，名字虽美，实则与《西游记》中的花果山相去甚远，无花无果，只有耕田几亩。每到春耕时节，从我家院子里抬眼望去，便看到山间一垄垄的梯田整齐划一，几位辛勤劳作的农人置于其中，一头或两头牛拉着犁，赶牛人的吆喝声在空旷的山间回响。傍晚，我会蹚过一条小溪，顺势而上爬到山腰，喊着余晖下劳作的父亲归家。当袅袅炊烟升起，父亲和我才会走在暮色渐浓的归家路上。

花果山的半山腰有一片石岩，那是大海经过千年更迭为我们留下的礼物。我们经常坐在光滑细腻的岩石上"翻羊仔儿"，有时也会以地为盘，找些圆润的小石头，杀几盘"石子棋"。这里的每一块岩石上都留有我们的足迹，藏着我们的欢笑。山间长有一种特别的植物，它们个头矮小，枝叶圆润肥厚，颜色却是老旧的铁锈红，模样生得敦实可爱，咬一口酸得直流口水，因此得名"酸脚丫"。多年后在市场看见多肉植物，竟然有一种似曾相识的感觉。

顺着石岩上的山间小路往西走五百米，然后走下缓坡，一片茫茫的海滩就映入眼帘。

这里沙细滩平，汀线蜿蜒。走在沙滩上，刚刚留下的串串脚印瞬间就被浪花淹没。孩子们追逐嬉戏间清脆的笑声，夹杂着大人们低沉的说话声，落在礁石旁的断崖中，缓缓回声涤荡于海面，悠远绵长。

海水慢慢退下时，只见大人们或赤脚、或穿靴踏上海滩，拿出赶海的自制工具开始挖蛏子、抠蛤蜊。每逢农历十八大潮时，邻村的人们纷纷赶来，提桶拎筐，携亲带眷齐上阵，那时的海滩比农耕时的场面还热闹。

大人喜欢下海，我们更爱礁石。在礁石上抓陷在浅水里的虾，敲敲沉睡的海蛎壳，找找缝隙中藏起的小螃蟹。男孩负责捉虾蟹，女孩负责敲海蛎，分工明确，不等海潮上涨，我们的桶已经满了。

海潮刚上涨，渔船也鸣笛陆续上岸了。渔民们站在船头，扯着嗓子大声吆喝："卸货了！"浑厚震耳的声音，对守在岸边等待的小媳妇们来说，竟是声声悦耳，激动地互道回来了。

对于渔民的激动，实在无法理解。问过村里的老人才知道，从前常有海难发生，打渔是把命系在裤腰带上的职业。

村中的乡亲，多半没有离开过故土，靠山吃山靠海吃海，对山对海的情感从不外露，任由这份感情深深地溶入骨血中，成为生命的一部分。

这份情感也是我一生无法忘却的。"青山无限好，犹道不如归"，随着经年的不断流转，以后的我，无论走入哪条繁街古巷，去到哪座都市名城，内心终不会忘记那座山，那片海，那个生我养我的地方。

多年后的今天，山水不复旧颜，乡亲中少了许多熟悉的面孔，多了些天真无邪的孩童。这一隅青山绿水，烟火人家，不知如今的稚子，多年以后是否也会忆起我们和我们的故乡呢？

无言的父爱

　　一场雨过后，秋天的况味更加浓了，天气一天比一天凉爽，傍晚出门明显有些寒凉。父亲打来电话，要给我送一袋他采的野生菌，我不肯让他过来，他已经是七十岁的老人了，生怕他出门不小心着了凉。况且我们两家只有十多分钟路程，有空我自会去取。可是他执意要送过来给我尝尝鲜。于是我挂了电话放下手中的事情就出了门，走在去父亲家的路上，以便路上能遇见他。

　　父亲就是这样，话不多却很倔强，他决定的事情很难改变。

　　我还是个孩子时，父亲开垦了一片山坡的荒地。那时他还是渔民，身强力壮，利用潮汐之间的空隙时间开垦荒地。有时夜里打鱼回来，天已经露出了微微的光，能够看得清地面了，他会放下渔具，匆忙扛起农具，踏着微光，去地里劳作。那刻我还在睡梦中没有被惊醒，但路上草叶的露珠会被父亲匆匆的脚步惊扰清梦吧！有时下午才有空闲时间，他就会早早地赶到荒地劳作。暮色渐浓时，我们已经吃过晚饭，他才会在我们的期盼中回到家，而月儿已悄悄地挂上树梢。

第二年的春天，当我们来到山坡时，哪里还能看到那片杂草丛生荒山野坡的影子？举目望去皆是平整的土地，一行行小树苗迎着春风，几棵粗壮些的树竟开出几朵漂亮的花朵。母亲责怪父亲种的树太多，父亲却笑着说："多种几个品种，孩子们会喜欢。"原来，那些树中有杏树、梨树和枣树，其余的是苹果树，这样从夏到秋每隔些日子，我们便能吃到新鲜不同口味的时令水果。父亲就是这样，在枯燥的生活中处处给我们惊喜。春天送我们一树春花，秋天送我们一篮秋果，更重要的是送给我们一份深沉的爱，让我们在他的爱护下无忧无虑地度过快乐的童年时光。

长大后，我们姐妹三人先后成家。我是最后一个出嫁的，婚礼上的一个瞬间至今让我无法忘怀。

烦琐的出嫁仪式在众人的嬉闹中告一段落，我带着亲人们的美好祝愿上了婚车，心里憧憬着新的生活。我扭头看了眼后车窗，想把房子和人都烙在心里，却看到父亲一个人站在不显眼的角落，两只手无力地垂在新衣服的裤线上，那套新衣是母亲几次叮嘱他穿上，他一直穿不习惯的正式服装。婚车缓缓前行，他的眼也随之微红，眼眶中蓄着泪。婚车渐渐要行出众人视线，他才轻轻地摆着手，慢慢转身……

婚后第一次回家，是习俗中的"回门"。我们刚进院子，父母就迎了出来。父亲穿戴整齐，被岁月染红的脸上挂着熟悉的笑容。我有一瞬间的恍惚，仿佛看到父亲穿越时空回来的年轻脸庞。只是多年前的父亲是意气风发，今日的父亲却平添了岁月的痕迹。

现在我和父母住在同一个小区，想着父母年纪大了，方便我随时照顾他们，谁知却让他们照顾我多些。我家住在五楼，有时下班回家餐桌上会多出一份我爱吃的酸菜。打电话问母亲，她多半会说："你爸送去的，知道你没时间切，给你切好了。"以后，家里再多出其他物品，我都不奇怪。就像今晚，父亲执意要送我的野山菌，是在雨后，父亲踩着泥泞的山路，不知钻到几片密林采到的蘑菇，将它们晒成干菜状后收集的，凝聚了他满满的爱。

　　远远地，看到父亲的身影出现在路灯下，我急忙奔了过去，本来想责怪他几句，可是看到他手中拿着的野山菌时，我竟无言了。接过父亲手中的袋子，体积挺大重量却很轻，也不知这袋野山菌是父亲上山采了几次才积攒的，心头一热。我又看到他穿得略微单薄，想要回家拿件厚衣，然后送他回家。可是他坚决反对，转身往回走。

　　父亲缓缓地走在回去的路上，昏黄的路灯照在他的身上，灯光把他略微佝偻的身影拉得很长，脚步有一点拖沓，鞋子踩在沙石上的声音，轻轻地，轻轻地，打在我温热的心头……

又见一树梨花白

我看到这树梨花时，它的树枝正迎着春风，雪白的花朵笑意盈盈，嫩黄的花蕊低眉顺眼，模样娇羞。花苞中含着一丝丝胭脂红，有几枚羞涩的花苞躲在绿叶后面，像怕生的孩子，偷看这大好春光。四月的春风里，它餐风饮露，轻轻地摇着枝丫，摇着摇着便摇进了我的心里。

这是多么熟悉的梨花啊！很多年前，我曾拥有过。

那是在老屋的后院里，父亲和我们姐妹三人一起把它种下。它的家是我们经过多方勘察千挑万选的一方宝地，那里有一棵年轻的枣树做邻居，可以相互聊聊心事，说说话。对面有一片小小的花圃与它遥遥相望，春天一到，梨树只需稍一抬头，便能看到面前的美好。树下不远处有一条浅浅的沟渠，雨季时，积水会顺着沟渠流到院外，经常有落花会随着水流漂到外面的世界。

一年中，我们最盼望的是春天。清晨的第一缕阳光刚刚洒在窗前，院子里莺啼恰恰，美妙的一天开始了。出了屋子的后门，踏着微微潮湿的小路，与父母在早春时节种下一畦畦时令蔬菜，浇水、施肥、拔除杂草，等蔬菜再长高些，捉虫的任务就是我们的，大家常常争抢着完成任务。然后我喜欢在梨树下流连，晨露下的树枝润润湿湿，有着让人欣喜的生命力，仿佛一个转身就能看见花开，于是我在心底默默许下愿望：某个清晨的第一眼便能看见花开。

梨树定是听到我的祈祷，终于在晨露中开出了第一朵小花，微微染着红晕，吐着嫩黄的花蕊，呼吸着春天的新鲜空气。渐渐地，梨花开满了一树雪白，好像是正值壮年的父亲从天上牵来了朵朵白云，哄着我们姐妹高兴得如林间小鸟，绕着树儿转圈，从此，梨树下的时光热闹起来。

傍晚时在树下安放一张桌，几把椅，摆上几碟素菜，一顿简单的晚餐在清香中开始。岁月平淡，生活不易，可是我们的粗茶淡饭沁入梨花的馨香，日子也有了滋味，笑容常常挂在父母的脸上，他们的笑容也感染了我们。

那时的我常常倚在门边，看雨后的梨花。古人喜欢用梨花带雨来形容美女，而我看见雨后梨花却满是惆怅，雨落花瓣，飘洒一地，雨滴重重地落在花瓣身上，溅起淤泥淹没了花的影子，梨花早早地带着心事陷入了春泥中。那时年纪还小，不知道黛玉葬花的桥段，却有着黛玉葬花的心情：喜花开时的绚烂，怜花落时的落寞。少年时的我，总有"为赋新词强说愁"的忧伤。

飘落的花瓣有很多落入了沟渠，一枚枚小小的白色花瓣载着少女的心事，随着这一湾浅浅的曲水流到未知的世界，带走了我的忧伤和愁绪，留下了无尽的回忆。

往事清欢，岁月无痕，家庭住址几经变更，后院的那一棵见证我童年时光的梨树也易了主人。如今再见梨花开，便如回到童年的光阴里，只是时光旧人已老，父母已经满头华发，白得像盛开的梨花，而满树的梨花真的载不动我们如今的忧愁，纷纷飘落……

花开一生，如人一世。如今片片雪落，一地零落的花瓣，是我们再也回不去的童年……

合欢花开

　　窗外，合欢花开得正艳，如针的花朵似茂密的<u>丛林</u>，一不小心掉落其中，怕是跌跌撞撞也寻觅不见回家的路。涂满淡淡粉妆的青翠，是青春爱恋的单纯在生命里发光，耀着你的眼。

　　窗内，泪水肆意流淌，情绪泛滥如决堤的洪水，任它随意横行，淹没了我们。挣扎在生活的洪流中，你无助得如失了父母的孩子，残酷的生活拍打着踉跄的你。

　　忆少年，单纯稚嫩的我们坐在校园合欢树下，看一树繁花，你说："这花真令人欢喜。"看你，眼里盛满喜悦，那喜，情不自禁地溢出来。偶有花落，弯腰拾起，手中捧着，怜爱无比。问你为何钟情此花，你答："它有一段美丽的传说。相传虞舜南巡仓梧而死，其妃娥皇、女英遍寻不见，二人悲痛欲绝，血尽而亡，逐为其神，后人发现她们的精灵与虞舜的精灵合二为一，变成合欢树，以此表示忠贞不渝的爱情。"说完，你月牙般的眸子里闪烁着对未来的憧憬。

　　你们相识于合欢花开的时节，在满树红绒翠绿的世界里——对，那更像翠绿的世界展露粉嫩的内心，一分缱绻，十分爱恋，他深情款款，你笑靥如花。青春年华里的爱恋最是纯洁，与物质和解，和利益绝缘，于是，在最美的年华里你披上了嫁衣。从那天起，你"做一个幸福的人，喂马、劈柴"，把苦累的日子过成了诗。

他知你爱花，在山花烂漫时随你行走，在合欢花开的树影下伴你身旁。常常，你们的身影洒在花丛林间，那刻你庆幸自己找到灵魂的伴侣，心甘情愿与他闯荡在布满荆棘的路上，艰辛前行，亦步亦趋。终于，在将要耗费掉你所有的能量前，你们跃出沟壑，踏入坦途。

现实像面目可憎的魔鬼，在幸福的时刻总是露出狰狞的嘴脸。

往日温存的画面在眼前掠过，近在咫尺，却又远在天涯。话，夹了刀；人，离了情；心，掺了沙。你如风中那枚将落的合欢花，拼命地抱住茂盛的枝丫，生怕掉入万丈深渊。

挣扎无济于事。你陷入困境，犹如负伤掉落凡间的神鸟，更像狂风吹落一地的合欢花……

黄昏里，你决定面对，心中流着血踏上孤独的旅途。

抬头望见此刻的合欢花，没有白日里艳阳的高照，粉色的花丝了无生气。夕阳西下，羽毛般的叶子如含羞少女的明眸，渐渐闭合，卸下周身的疲惫。夜晚休养生息，明天又会张开怀抱托起朵朵红缨映在天地间吧！

合欢花语夫妻永远恩爱、两两相对，别名苦情花。"朝看无情暮有情，送行不合合留行。长亭诗句河桥酒，一树红绒落马缨。"《夜合欢》的重点是不是"情"字呢？合欢——昼开夜合，绿叶红花，如影似幻涤荡心间，绕指柔情摇曳生姿。

情逝了爱无痕，旧时光里的柔情蜜意，转身的瞬间却注定有几许凉薄。寂寞孤影，刻着无以言表的酸楚，混入初夏合欢花的幽香中，悲凉之至。也许涅槃重生后，会惊艳着未来的时光。

父亲的大海情结

父亲已经好多年不做渔民了，但他对大海和渔网还是一样的热情。

今早我又看到他在楼下和正在整理渔网的邻居聊天。至于内容总是绕不过大海、渔网，即使开篇不是这个话题，最后也能像渔民理顺乱糟糟的渔网那样七拐八绕地回归到海。

父亲今年七十多岁，他做渔民的渊源要追溯回四十年前。此前他一直是地道的农民，一手板正利落的活计经常被人称赞。可是家里三个女儿渐渐长大读书，靠农田的收成供养三个孩子有些捉襟见肘。所幸，我的家乡三面环山一面傍海，这样，他又多了一个新的身份——渔民。

父亲晕车晕船，不能乘船出海，只能买几圈"旱网"赶海。所谓"旱网"，是利用大海潮汐现象，在海水退潮时把网"下"（安扎）到海里，在下一次退潮时就可以从网中拿到海鲜了，其中海鱼居多，运气好时手掌长的对虾或者螃蟹也能落进网里。而一圈完整的渔网是由十几根网杆、一面网墙和一组功能性极强的网袖组成。

父亲买到那几圈网时，有一些已经残破不全了，不是缺杆子就是少袖子。他利用一周时间把渔网补好，趁着空闲上山砍了几棵直挺的树做杆子，又把杆子的底部用斧头砍尖。

"下网"可是个大工程，一个人根本无法完成。父亲找了几位年轻力壮的亲戚，赶着一辆马车，把几圈网整理好装车，穿好皮叉裤，一行人在马匹的嘶鸣中浩浩荡荡地出发了……

估计要涨潮了，家里把酒水饭菜都备好，等待着赶海回来的人。他们回来时，每个人都已筋疲力尽，就连脱掉皮叉裤这样的动作，都忙活得满头大汗，有位不常劳动的亲戚直接累瘫了，倚靠在墙上不动弹。上了饭桌，一杯酒过后，几个人的热情才如雨后艳阳般苏醒过来，他们连声劝着父亲，悠着点干活，这海上不比陆地。父亲并不作声，只是连连点头。

此后，父亲退潮时是个渔民，遇到白天涨潮，他就变身农民，忙着田地。随着潮汐的变化，他的休息时间也不固定。

我常常在凌晨四五点钟被父母的谈话声吵醒，那时万籁俱静，月已西斜，露水正浓，父亲和母亲一边把鱼虾分类，一边压低声音讨论着当日的收成。母亲装好海货，趁着朦朦月色，骑上自行车，到城里赶早市。父亲收拾妥当，躺在炕上眯一会儿。

后来我习惯了这个时间醒来，竖着耳朵听外面的一切声音。当自行车的链子"当啷当啷"响在路上的一刹，我就知道父亲回来了。不一会儿，院门打开，母亲应声而起，迎向父亲的自行车，卸载货物。

父亲喜欢喝酒，经常自己喝二两老白干，在做渔民之后更是离不开酒。他在酒后躺下就睡，一睡下便鼾声如雷。我们家里没有男丁，这加重了父亲的负担，下网和拔网都是费时费力的，可他一点怨言都没有，反而乐在其中。

做渔民有收获海鲜的喜悦，也有补网的忧愁。父亲下渔网的位置离岸边近，渔船频频上岸，渔网总免不了被船桨划破。夏季时，父亲会把破坏得不像样子的网扛回来，铺在空旷地晾晒几日，再到树荫下织补。到了秋季，网上多半会挂着成片的海草。这时，父亲不得不把渔网连夜扛回，挂了海草的网沉甸甸的，回家的那条小路不知记载着多少父亲沉重的脚步声。

晒网的过程是一样的，我却发现补网的不同。

旁人家里补网，都是遇见窟窿就要补上，父亲却不这样。他常常把小窟窿一带而过，遇到大的窟窿才认真织补。我们姐妹那时可以帮着父母织渔网，补渔网，所以我们常常说父亲干活不认真。每当我们唠叨，父亲也不辩解，只在一旁笑笑。向母亲告状时，母亲才说起，父亲不想误伤了小鱼小虾的生命。

有几次他下海拿货，一点收获都没有。有的渔民知道状况，告诉他，在前一刻已经有人偷偷地把网中的海鲜提前盗走了！原来有些人家里离海边近，而我家住在村头，父亲走那段路要二十分钟，人家利用时间差，早早下海把我家渔网里的海货盗走了。他知道后也不埋怨那个"海盗"，只是笑笑："没事，网还在呢！"

秋天海水凉了，该把渔网从海里拔出来了，原以为辛劳了一年的他可以歇歇了，可他偏偏闲不下来。

趁着几个艳阳日，用他那勤劳的手把网铺平晒干，又一圈网一圈网地织补好，整理妥当放进闲置的屋子里。每年的晚秋到初冬，院子里的空气中都弥漫着大海的味道。

确切地说，从父亲做了渔民，院子里那股海的味道就没间断过。年年如此，直到我们都成家立业后，父亲才放弃了他的渔网。但他没有放弃大海，时不时到海边摸蛤蜊、钓海蜇，仿佛那段路他总也走不厌。

现在家里搬迁了，离大海不远，顺着长长的河堤往西走半个多小时，就能到达海边。他每天早早地起床，以锻炼身体为名走一趟海边，风雨无阻。

他谈的话题三句不离大海，他常说："人不能忘本，当年是大海养活了全家啊！"听了他的话，我仿佛看到橘红色的夕阳下，在金黄的沙滩上，有个健硕的背影，扛着渔网义无反顾地走向海潮渐渐退去的大海里……

藏在糖果里的爱

收拾旧物时，整理出很多要丢弃的物品，其中有一个锈迹斑斑的铁盒，我实在舍不得扔掉。它藏在柜子的角落里，里面装着糖果纸，一张一张叠得整整齐齐，有几张糖纸已经残破了，掺杂在里面格外显眼。糖纸上的每一寸地方我都抚摸过千遍，每处痕迹我都烂熟于心，看着它们，我仿佛穿越时光的迷雾回到小时候，重温了它们的故事。

那是我十岁左右的事情。父亲在石场干活，母亲身体不好，负责操持家务，照顾我们姐妹三人。家里还有几亩薄田，靠着父亲一人的收入勉强维持一家人的温饱。

家里经济拮据，我们的生活很清苦。别人吃零食时，我们眼巴巴地看着，口水一直在喉咙里打转，逼急了，只能翻地挖红薯解馋，所以我们最盼望的就是过年。那时会有很多我们期盼的零食，特别是一颗颗糖果，那味道是一辈子都忘不掉的甜蜜。

母亲有一个抽屉，里面收着她那些花花绿绿的绣花线、图样，还有一些未完工的绣品。虽然我们不善女工，但是对这些颜色亮丽的绣花线充满好奇，经常趁她不在家时，偷偷地翻翻瞧瞧。

那天母亲不在，我们又开始行动了。当翻看到底层时，几张花花绿绿的钞票夹在图样中间，大家顿时惊呆了。

"这……这……钱！"妹妹喊了一句，抽出一张在手中把玩。

"嘘！别出声！"我悄悄地把抽屉关上，心里起了波涛。

我第一次摸到钱，本能地想：这些钱能买多少好东西呀！我仿佛看到一堆新衣服，一堆食物，还有一堆糖果在朝我招手。最后我壮着胆子，偷偷地抽出一张一元纸币，小声告诉妹妹们："我去买好吃的，你们等着。"

跑到供销社，我指明要买一包糖。因为小孩子拿着"巨款"买糖果，我遭到了质疑，店家一直询问我："大人知道吗？"为了尽快拿到梦寐以求的糖果，我"坚定"地点头。可是心里已经溃不成军，眼睛也不敢和店家对视。

这下我们吃了个够。把余下的糖块藏起来，糖纸被我们整理好，放在枕头下面，期待着夜晚能做一个香甜的美梦。

本以为这件事做得很隐秘，没想到还是被母亲发现了。毫无意外，我们挨了一顿打骂。原来这些钱是母亲口攒肚挪积攒下来，留着来年开春买种子的。母亲坐在土炕上生气，父亲窝在墙角闷声不说话，吧嗒吧嗒地抽着旱烟。

最终母亲把剩余的糖果退掉了，我们从此都不敢再提糖果的事。

一天，父亲下工回家，高兴地喊我们过去，他在口袋里掏了掏，变出了一把糖，那些五颜六色的糖果被父亲宽厚的手捧起来，异常夺目。

兴奋的我们飞奔到父亲身边瓜分。不经意间我看到父亲的手——他的手上有好几处裂痕。有一处是明显的新伤，伤口红红的，隐隐约约能看到有血丝冒出，和周围的皮肤形成明显的对比。他一点都不在意，咧着嘴巴，笑得灿烂："我和你妈早想给你们买，这次有机会了……"看着父亲的笑容，再看看这个伤口，突然觉得它好像是发怒的狮子张开狰狞的嘴巴，正一点点吞噬着父亲的年华。

我的眼睛渐渐湿润，泪水在眼眶中打转，我别过身去……那天，我觉得自己长大了。

此后，我把那几张糖纸用力地捋平，整整齐齐地放入铁盒子中珍藏了起来。

不知不觉它们已经跟随我多年，从不懂事的少年，到为人母。一路走来，生活的苦涩，父母曾经的艰辛我都体会了一遍。可是，不论生活多艰难，父母对子女的包容、对子女的爱是不会改变的。正如我收藏的糖果纸，看着它们，不光是对自己的警示，更感谢父母给予我的深沉绵长的爱，这份爱一直在我心中流淌着。

陪着你　慢慢走

从你出生起，我就肩负起母亲的责任。那时候你还小，让你吃好穿暖就是我最大的任务。在外人眼中，这是如此轻而易举，但对我——一个刚做母亲又笨手笨脚的人，却是有点手足无措。

你上学后，我又增加了一项任务——辅导作业，遇到难题时会指点一二。别看说得轻松，其实最难的就是这关。为了教会你一道题，我常气得双手叉腰，你却懵懵懂懂，日子过得鸡飞狗跳。

你渐渐长大，进入初中后，我这个当妈的作用只能体现在穿衣吃饭上。吃得可口，身体健康，至于作业不再像从前那般"染指"。你长大了，想法和我们不一样，有时多说两句，你会觉得妈妈磨叽；遇到不顺心的事，你会耍起脾气。为了家庭的和平，只能少说话多做事。

上了高中，你的情绪被学业折磨得更是喜怒无常，平时家里说话都不敢大声，一根针掉地上都能听得清清楚楚。终于到了高考，"苦难"的日子熬出了头。

还记得高考第一天早上，我六点钟准时叫醒你，你没有像往日那样拖拉。立夏后的清晨，太阳早早地出来。推开窗，今天的第一缕风轻轻地滑过脸庞，鼻子被楼下的花香叫醒，听到鸟雀喳喳地欢唱，心情舒畅了许多。

一碗粥，几枚小笼包，还有一份素菜，备好简单而清淡的早餐等你。梳洗完毕，你坐在早餐前，只喝了半碗粥。看着你强装镇定的神情，我隐隐地担忧。昨晚你没心没肺地说自己不紧张，今早就暴露出了真实的状态。

突然有些明白，你不想父母被不安的情绪传染，故意给我们吃一颗定心丸。其实你的心里清楚，努力了这些年，成败在此一举，压力可想而知。拼力一搏吧！人总要试着承担责任，慢慢长大。

爸爸告诉我，你已经进了考场，那时我正坐着车赶过来。一路上天气骤然转阴，乌云渐渐遮住头顶的天空。这几天一直都关注天气预报，考试的几天都是阴沉的天气，心里早有准备。可是当天气真变成这副模样时，心情竟和天气一样阴沉。

回想起你长这么大，我除了在学习上付出些辛苦，其他地方好像没有为你操过心。

小时候你爱哭，一丁点小事哭起来没完没了。我是第一次做母亲，不懂孩子为什么哄也哄不好，所以看到你哭个没完，心里烦躁，故意用冷暴力或者是暴力解决。每次你都会用可怜兮兮的无助眼神看着我，趁我怒气渐消时，偎在我的身边，小声地说："妈妈，对不起。"那一刻我后悔极了，特别是看着你含着浅浅的低啜声入眠时，心如刀割一样。可你总是不记仇，转过头来还是朝我甜甜地笑，我的心瞬间柔软得一塌糊涂，原来小孩子对父母的爱才是真正的无私。

你上次重要的考试是中考。当你打电话告诉我消息时，我正在缝一条你小时候盖过的被子。听得出来你很淡定，说起话来云淡风轻，情绪丝毫没有大起大落。

直到上了高中，你的情绪才有变化。高中的课业紧张，对你来说是个挑战，你的情绪很不稳定。和你说话，要小心翼翼，看你的表情、眼色来斟酌此话该不该说，生怕戳中你的痛处。现在想想，高中三年这么快就要结束了。

下午，你挎着我的胳膊走在考试的路上。一块石头硌了我一下，差点滑倒，你及时搀扶住我，望着比我高一点的你，我感慨地说："看样子我真是老胳膊老腿，该退休了。"你轻松地笑，露出久违的大门牙，我清楚地记得这是你上中学以来我们第一次亲密接触。

把你送到校门，一道警戒线拦住了家长的去路。那天警戒线不高也不低，孩子们只要稍稍一抬起，就能轻松过去。可是很多家长都固执地用双手替孩子把警戒线抬起，等孩子过去，再轻轻地把警戒线放下，仿佛这是家长在孩子有限的学生生涯唯一能做的事情了。

目送你进入校门，背影一点点变小，直到看不到了。高考过后，你在我身边的日子屈指可数，求学、工作和成家，我们日夜相伴的时光将会越来越少。

妈妈从自由过活到有你陪伴，经历了一段难忘时光。可能对你而言不过须臾之间，对我却是值得珍藏一生的时光。

你习惯了成长，我习惯了老去。当有一天你要远离，妈妈也会试着接受，慢慢习惯，在人生路上默默地陪着你慢慢走。

年味，是父母期盼的目光

　　年味是年少时光中无忧无虑的笑声，是父母对未来日子的祈盼，是一年中最浓的烟火。

　　儿时的年是快乐的。孩子们总抵御不了诱惑，希望有花花绿绿的新衣，希望有香甜可口的食物，新年的空气中处处弥漫着欢快的气味。

　　鞭炮声"劈里啪啦"一响，男孩子们都欢天喜地地蹦起来。村里的小河边、土丘上，村口的大树下都能寻到他们的身影，他们手中拿着鲜艳的爆竹，三三两两聚在一起。胆大的孩子，手捏着爆竹，有人用火柴一点，拿炮的孩子把手中的爆竹抛向空中……随着"砰"的一声，男孩子们高兴的笑脸像刚刚炸开的爆竹。

　　女孩子们最喜欢的是新衣。初一的清晨蒙着一层薄薄的晨雾，女孩子们已经起床，迫不及待地穿上了新衣服。红的，粉的，绿的……衣服的颜色不再是单调的黑灰，穿上新衣的她们如春天的花蝴蝶，绕在父母身边。

　　糖果是孩子们的最爱，他们出门拜年多半是收集各家各户的糖果。

你看，每户人家里的糖果盘中新奇的款式多半已经没有了，它们都藏在孩子们的手里。经过那一双双稚嫩的手抚平的糖纸，放在枕头下，夹在日记本中，幼小的心灵便种下美的种子。

小时候的新年，简单且容易满足。渐渐地，时光如手中流沙一点点逝去，从前的黄齿小儿长成了青年，他们或在外求学，或异乡奔波。父母已白发苍苍，皱纹满面，他们守着二亩薄田，一处老宅，在旧屋中凝望着村口的那条小路。

此时的孩子们已经长大，他们走过无数的路，见过最美的景，遇过千万的人，新年再不是儿时的爆竹，儿时的新衣和糖果，而是父母沧桑面庞上的一束殷切目光。

为了那一束光，他们挤过熙熙攘攘的人群，越过千山万水，辗转奔波。双脚踏在村口的土地上，疲劳的心才得以安放。父母早已等待在村口，大树下那佝偻的身影藏着多少青春的足迹。

孩子是归巢的倦鸟，回归父母的身旁。用曾经抛下爆竹的双手在破旧的门楣上，贴上鲜红的春联；用儿时的热情在屋里屋外，忙着备下新年的餐食。

"扫除茅舍涤尘嚣，一炷清香拜九霄。万物迎春送残腊，一年结局在今宵。"扫灰尘、清茅舍，将旧屋换新颜，为父母添置新衣，也将儿时的喜悦一并赠予父母。

年的味道，正悄悄变化。少时的年味在于快乐的味道，而现在的年味在于父母的期望。父母的期望如水，总能让你觉得汹涌澎湃；父母的期望如山，总能让你感到责任与生命；父母的期望如大地，总能让你觉得深沉又广袤。

是的，中年人的年味，是父母期盼的目光。

腊八节的温度

　　腊八节，正值隆冬，那几天气候异常寒冷。新年的气氛冲淡了这个节日，可我却在这不被重视的节日里品尝到了温暖的腊八粥。

　　没读大学是我一生的遗憾，二十多年前我中专毕业后报名了汉语言文学的自考。妈妈反对，她怕我浪费时间，到头来白费工夫，为此我和妈妈大吵一架，她被我气得犯了旧疾。妈妈知道我倔强，从此不再提这件事。我在心里暗自赌气：给自己三年的时间，一定要通过自学考试，否则就回家结婚生子。第一年通过了三科考试，成绩尚可。后来工作就忙碌起来，考试成绩不如意，这个结果深深地打击了我。曾经踌躇满志的我变得不知所措：考试失利，前途渺茫，想放弃又不甘心，压力向我袭来。心口堵着一堆乱石，在放弃与坚持之间徘徊。

　　那天，我拿到学习资料后无助地站在陌生的街角，农贸市场里传出的阵阵买卖声聒噪刺耳，这世间最浓的烟火气让人生厌。不远处有一棵孤独的梧桐树，树枝被冷酷无情的北风吹得干巴巴作响，几片残留的枯叶摇曳着我的心，像撕扯着心中流泪的伤口。

149

随着人流，我木然地来到一处叫卖声旁中，那是商场门前在搞促销活动。年末岁尾，人们都急着置办年货，各色糖果、干果成了主角，路上皆是流连驻足的人们。这时，一个声音叫住了我："丫头，吃饭没？来一碗腊八粥吧？"我看向她——一位五十多岁的阿姨。她守着一处摊位，桌面上放着袋装的腊八米，一只锃亮的不锈钢大桶里面，盛着热腾腾的腊八粥。可是人们都不重视这个节日，虽然欢腾的热气肆意横行，米香霸道地钻进行人的鼻孔，却鲜少有人停留。

闻到粥的香气，我的味蕾苏醒了，才记起刚才一直陷在自己的情绪中，哪里顾得上肚子呢！现在粥香四溢，双脚不由自主地来到摊位前，还未开口，阿姨已经利落地盛了一碗粥递给我："老远就看到你了，一看你的样子就知道没好好吃饭，如果你妈知道，她会心疼的。"

阿姨的话让我想起了妈妈，此时，腊八粥里冒出团团热气，迷离了我的眼睛。我重重地吸了一口气，怕眼泪掉下来，赶忙尝了一口粥：软糯香甜，和妈妈做的粥味道一样。这下我真的控制不住自己的情绪，眼泪夹杂着万般滋味流下来。我慌张地擦了几下，掩饰着自己的情绪。阿姨看出我的异常，并没有多问，只是微笑着把碗续满："多吃点，丫头！听你口音好像不在附近住吧？一个人出门在外要好好地照顾自己，让家里人安心啊！我的女儿……"

这些家常话妈妈也对我说过，每次我都认为她太唠叨，常常敷衍了事，现在陌生的母亲讲出来，才知道那些唠叨才是爱。那些爱不光是嘴上说说，已经刻进了心里。向阿姨买了两袋腊八米，我匆匆踏上回家的客车。

当我把腊八米递给妈妈，她轻声说了句："今晚煮腊八粥。"我知道，母亲从我微微浮动的神情中已经看到了结果，她懂得我的倔强。

从前在母亲身边压力有人替我扛，困难有人帮我过，今天只身面对难题，我的倔强在困难面前溃不成军，一败涂地。最终我做出了自己的

150

选择。人都会慢慢长大，学会做出抉择，不管后果如何，都是磨炼心智的必然之路。

多年后，我仍记得在腊八节的那碗粥里，我理解了妈妈，与倔强的自己和解。

追蒲公英的孩子

在五月的辽阔大地上，我陪着孩子满世界找蒲公英。

她跑在前面，像一头小鹿唱着欢歌跑进林深处，兴奋地顾不上回头。我慢慢地跟在她的身后，看着她小小的背影，被阳光拖长，好像一棵瞬间长高的大树，可以支撑起彼时的天地。

她找到一束蒲公英，高兴地呼喊我过去，和她一起见证放飞蒲公英的时刻。她轻轻地折断蒲公英的茎，生怕惊扰了冠上的绒毛，小心翼翼的样子，好像手中捧着一个易碎的瓷器。柔软的绒毛，让我想起了她小时候熟睡时紧闭的眼睫毛……

她庄重地把蒲公英放在眼前，眼里全是蒲公英的雪白。那明亮的眼，闪着微光，我看到一个纯净的世界：广袤无垠的草地上，千千万万株蒲公英，开着雪一样的绒花，挨挨挤挤地铺在蓝天白云之下。一阵风吹过，天空中飘逸着细细密密的绒花，随着风起飘向更远的远方。

这束光，是阳光照在身上的温暖，是眼底涌出的感动。我多想是那阵风，吹起蒲公英到它们想去的地方，在蒲公英落脚的山脚盘踞，一天，两天……直到它们成长，再孕育下一批蒲公英。

她下定决心，把蒲公英放在嘴边，小嘴巴鼓起来用力地一吹，小小的绒毛在她的助力下四处飘去。弱小的绒花载着蒲公英妈妈的叮咛纷纷起飞，如空中飞雪飘进人们的眼里，更像旷野放飞的白鸽，飞向遥远的地方，找寻各自的归宿。

落入草地，便在草中生根；飘向远方，便在四方停泊；倘若有几朵落入黑色的发间、白色的裙摆上，便随着人们四海为家。

蒲公英的前世今生，在心中演绎了无数个轮回。在满院子明媚的迎春花中，婆婆丁的黄色略显羞涩。零星的婆婆丁散落在草丛中，娇小玲珑的身躯发芽抽枝，长出蒲公英，开出白色的球状绒毛，直到放飞自己的种子。

飘远的蒲公英，是远离父母的孩子，怀揣着无数梦想，在纷繁的世间落地安家，父母只能远远地守望。

一阵笑声传来，孩子还在吹着蒲公英。太阳在她身后，金色的光辉把她的轮廓镀上一层金边，手里的蒲公英也金光闪闪，这样的侧颜那么美好。

我迎着光，看着她吹起蒲公英的小嘴巴，放飞着无数个梦想，而我只能在她的背后，躲进她长长的影子里。

对土地的眷恋

我曾经是那样厌恶土地，没有一刻不想挣脱它的束缚，逃离它的管辖范围。

小时候我一直憧憬着走在干净的柏油马路上，路过整齐的房屋，住在简洁明亮的家里，仿佛城市的太阳有别样的香气，可是现实总是和梦想背道而驰，生活脱离不了土地。

我还是婴儿时，父母在田地里劳作，我在土地里爬行，常常错把泥土当食物，直到长大后，才知道土地是全家人的口粮。

清明节一过，农民开始播种。全家大小齐上阵，柳筐、铁锹、犁等农具往马车上一放，爬上车，车夫扬鞭催马，我们就随着马车的颠簸浩浩荡荡地上山。到了地里，卸车干活。犁地的、点种子的、撒肥的、平垄的……大家各司其职，在这片黑土地上，一片春耕的热闹场面。

播种容易，收获也容易，关键的步骤是耕耘，哪一步都与土地息息相关。

春天种下玉米种，几场雨后，玉米苗已经长高了。我们姐妹要在休

154

息日到田地里间苗。为了能尽快地把这片土地间完，我们打起了赌，看谁最先间完一垄。开始我的干劲十足，冲在前面。随着太阳越升越高，阳光慢慢地炙烤着后背，潮热的汗水打湿了衣衫，大颗大颗的汗珠凝结在鬓角，滚落在泥土里，手上一层黑黝黝的尘土，指甲的缝隙也被泥土填满。心中不住地怨恨命运的不公：为什么有人可以十指不沾阳春水光鲜亮丽地生活？

几年的劳动，让我的手上长满厚厚的茧。我在同学们面前自卑敏感，特意把那双粗糙的手隐藏起来，暗暗发誓逃离这片"肮脏"的土地，不要像父母一样过着土中刨食的生活，要为了美好的城市生活努力向前。

有一天我真的脱离了与泥土打交道的生活，双手因为不在泥土中劳动而变得细嫩，工作在干净整洁的场所，生活在舒适安逸的环境，一度以为我过上了想要的生活，可是常常怅然若失。

而立之年，当我重新踩在新鲜的土地上，心中因为泥土的馨香而充盈。我深深地触动，曾经多么厌恶土地，现在就有多么渴望土地。

现在的我偏爱走在满是灰尘的土路上，听鞋子与泥土之间摩擦的呢喃细语，要比高跟鞋踩在柏油路上生硬的声音更有温情。这些年，我扔掉了高跟鞋，换上了土布麻鞋；我脱下了职业装，穿上了休闲长衫；我厌弃了浮华的虚荣，喜欢上了朴素的务实。

春风微暖，大地从梦中苏醒，我又一次踏上久违的土地。

这次是栽种红薯，起垄、刨埯、按苗、浇水、施肥、封埯，我们有条不紊地种下红薯。看着一棵棵红薯苗在刚苏醒的土地里展着腰肢，自由地晃着绿色的秧苗，田地俨然成了它们的家园。耕种辛苦，我们却干劲十足。

时光经过二十年的沉淀，父亲的背影已苍老，我的心境也迥然不同了。握一把新鲜的泥土，好像从远古传来的厚重琴音，在心底安了家。想到这二十年的奋斗，拥有的东西越来越多，握住的东西越来越少。想开了，看淡了，会发现世上那么多虚无缥缈的东西，没有一丁点踏实感。

我对土地的眷恋，正如鸟儿离不开天，鱼儿离不开水，不论身处何方，只有脚踏大地，手握泥土，才会有踏踏实实的感觉。

秋风乍起　思乡情浓

　　姥姥坐在床边安静地看着窗外，秋日的阳光，羽毛般飘在她的身上，光影里的面容平静祥和，与多年前一模一样，只是沟壑般的皱纹里藏着沧桑时光。窗外，风儿吹起的片片落叶，如生命尽头的蝴蝶，无奈地怀念绚烂的旧时光。

　　姥姥五十岁以前生活在胶东半岛，姥爷去世后，舅舅抛下四个年幼的儿女外出打工。无奈，无依无靠的姥姥带着舅舅的子女迁移到这里。在一处低矮的老房子里，姥姥带着孩子们安了家。

　　姥姥的乡音很重，我们只能听懂只言片语，有时我们也会一点一点地纠正她的发音，不论我们如何纠正，她说话依旧是乡音未改。日子一天天过去，不论经过多少个四季轮转，姥姥依然操着那口纯正的乡音。于是，我们和姥姥说话时也常常夹杂蹩脚的胶东口音。

　　姥姥是个不愿麻烦别人的人，每件事情都要自己亲手去做。院子里有一片荒废的土地，那片地是瓦砾石块多的次等地，荒废多年，用来堆放杂物。姥姥起了开垦利用的心思，每天早晨踏着露水，一铁锹一铁锹地挖土，挖不动的地方就挥起镢头刨，然后把泥土里的瓦砾挑走。连着干了几天时间，地平整了，她也累坏了。可她还是坚持把积攒起来的柴灰用竹筐一筐一筐撒在地里，再用镢头挖出垄畦，栽上黄瓜、豆角，种上花生、红薯，院子周边还种上一排玉米。收获时，周围的邻居都不住地夸赞："这样的地还能长出这么好的菜呀！"

山东人喜面食，姥姥至今仍保持着这个生活习惯，她满口的牙已经掉光了，拿来馒头依旧嚼得有滋有味。除了馒头，她最爱吃的是煎饼，可惜现在咬不动了，只好把从前携带来摊煎饼用的鏊子搁置起来。

那是平面圆形中心凸起的铁制器具，摊煎饼时，在灶前用三脚架支起鏊子，在鏊子下放好柴火。姥姥用玉米面和少许白面，加点盐和成糊状，准备好铲刀和木制小耙子。开始点火，等鏊子烧热，姥姥舀上一勺面糊，用小木耙子快速地转圈，小圈慢慢地转大。糊糊把整个鏊子填满，她满意地嘴角微微上扬，仿佛那刻是久违的满足。而我们在一旁闻着糊糊的香气，馋猫般瞪大贪婪的眼睛，熟了一张煎饼，就被我们急不可待地分成几份，狼吞虎咽地往嘴里放，这时姥姥就会在旁边微笑地说："别急，还有呢。"

在那间阴暗逼仄的房子里，在摊煎饼的鏊子前，一闪一闪的火光在缥缈的烟雾中，映着姥姥柔和的面容，或明或暗，那是我见过的姥姥最美的剪影。

秋日艳阳，风儿乍起，我扶着姥姥走在路上，慢慢地行走在各自的感慨里。路上有五彩缤纷的落叶，苍绿、微黄、深绿、褚红，拾几片不同颜色的叶子，递到姥姥手中，她费力地揉了揉浑浊的双眼，看了许久，感慨地说道："这叶好看，和老家山坡上一堆堆的树叶一样，小时候我们总是把树叶用耙子弄回家作引火的柴……"

在亭子里坐定，她打开话匣子，回忆起从前，每次说也说不够，话题里有姥爷的体贴，舅舅的淘气，妈妈的哭泣，动情之处，她的眼睛微湿，稀疏的睫毛微微颤抖，嘴唇微扬，嘴巴却不住地说："日子过得真快啊！"

"箫鼓鸣兮发棹歌，欢乐极兮哀情多"，岁月偷走姥姥八十多年的时间，苦累的日子里有如歌的年华；爱人相伴的时光中有缱绻的甜蜜；子女嬉戏的岁月里有心酸的过往。眉目间开放着美好，话语间流淌着思念，念及深处，竟无法自拔。

人生漂泊，时光流转。姥姥在秋天里回忆往事，她年老体弱，经不住路途辗转，只能将这悠悠思念，埋在心底，随着风儿飞入长情的岁月。

第五章　风从远方来

消逝的快乐

我出生在 70 年代，我们没有吃过六〇后的苦，没有享过八〇后的福。我们的年代里有诱惑和探索，童年也注定与众不同。

半块橡皮

我们的童年生活贫穷，物质匮乏，即使这样，也丝毫不影响我们长大。

我印象最深的就是吃，换句话说是馋。每个孩子都是"馋蛋子"，抵御不了任何带香气的食物，菜香、饭香，还有……橡皮。是的，你们没有看错，现在当我跟孩子们讲起小时候的行为时，总引起她们的嘲笑，可是这样的事情的确真实地发生过。

我们上学那会儿，市面上流行一种带香味的橡皮。通常是白色的长方体，握在手中大小正好，手感细腻，最重要的，它香气撩人。放在鼻子下深深一吸，香气便顺着鼻腔传送给大脑，一种霸道的占有欲就产生了。

家庭条件好的同学早早地拥有了这款橡皮，我们只能远远观望。

一天，伙伴神秘地告诉我，她哥给她买了一块香橡皮。伙伴很讲义气，她把橡皮用刀割成两半，一半递给我，嘴里念叨着"有福同享，有难同当"，我感动得痛哭流涕，小心翼翼地把半块橡皮放在文具盒里，慎重地背回了家。

晚上，我好几次打开文具盒，那半块橡皮被我保护得很好，干干净净，一拿起来浓浓的香气便飘进鼻子里。心里有个声音在小声说：这么香，一定好吃。我闭上眼睛不去想，可是声音却越来越大，充斥着耳朵。我彻底地臣服，颤抖着拿起那半块白皙细腻的橡皮，狠了狠心，果断地咬了一口……"呸"的一声又连忙吐了出来。相信当时的我脸色一定比黄花菜还难看，心里难掩的失望，因为那块橡皮竟然是涩的，是一块"披着羊皮的狼"。

看到伙伴时，她偷摸地拿出那半块橡皮塞给我："别被它骗了，一点都不好吃。"不容置疑，她和我一样品尝过了。我把自己的那块也递给她，看看这枚缺角的半块橡皮，再看看彼此，我们不约而同地哈哈大笑。

虽然没有品尝到想象的美味，却收获了一段长久的友谊，现在想起童年的荒唐往事常常感慨万千。

唇膏的诱惑

爱美是女孩的天性。我知道臭美是在小学四五年级的时候。

隔壁邻居是家族里的长辈，他家有三个姑姑，正值青春，貌美如花。我读小学时，她们已经工作了。我们两家本是同一个大院子，后来中间用一道院墙隔开，但是两家房屋之间用一扇木门相隔，出入很方便。

开春了，木门就可以经常打开。我爱往姑姑们房间跑，她们的房间里有女孩子们特有的香气。胭脂水粉自然不必说，单是那涂在嘴巴上红彤彤的唇膏，就拽住了我的脚步。每次看见姑姑们轻启朱唇，我都羡慕得不得了。

记不清是哪个下午，姑姑在院子里忙碌。我溜进房间，模仿姑姑们的动作，拿起唇膏生硬地旋出膏体，在嘴上匆忙地涂抹，最后照照镜子，左努努嘴，右翘翘唇，觉得自己平淡的脸上增光不少。我正美得心花怒放时，听到姑姑们要进屋的声音，迅速地擦掉嘴上的口红，装作若无其事从房间走出来。看到姑姑进屋里，头也不敢抬，生怕暴露了自己做的坏事。后来我回到家里，妹妹们问我："姐，你今天怎么这么香？"一句话问得我哑口无言，原来自己费尽心思地隐藏事情真相，只不过是自欺欺人，姑姑们其实早就看出端倪，只是没有拆穿而已，想到这里，我窘极了。

后来的后来，我们两家中间的门变成了一堵厚厚的墙，姑姑们先后出嫁了，我们的青春也来临了。

日子在各种诱惑中溜走，从年少懵懂到中年不惑，在探索中不断成长，偶尔忆起荒唐的种种往事，不禁莞尔一笑。

随着时间的流逝，曾经的窘事也不再重演，真正的欢乐也越来越少。回头望望，幸亏我还能记起童年的快乐，不然这些快乐的瞬间不知道什么时候也会悄然不见。

人生从四十岁开始

那年春节，我正好四十岁。

春节的气氛很热闹，我的心里却很茫然。精力一点点变少，孩子一天天长大，如果不出意外，一眼便能够看到未来。女儿不需要我时，可以跳舞打麻将；女儿需要我时，要天天照顾外孙。不管哪种方式，最后我都是千千万万个退休老太中的一员，和我的父母一样一生为儿女而活。

我不喜欢那时的模样。生命伊始，我们便没了选择。在懵懵懂懂中求学、工作、成家，一路磕磕绊绊，跌宕起伏，我们都是被生活推着向前走，完全没有自己的选择。

我是个晚熟的人，当同学在校园早恋的时候，我还不知情为何物；当朋友们在纷乱的社会交往中混得如鱼得水时，我还身在其中不知所云；当朋友圈里没毕业的大学生早早地做好了人生规划时，我才幡然醒悟，人生过半，总要做些自己喜欢的事。

读到《人生永远没有太晚的开始》这本书时，被摩西奶奶一百零一岁的人生经历震惊了。她七十六岁拿起画笔，八十岁办画展，九十岁作品畅销欧洲，一百岁还和渡边淳一书信往来，这样的百岁人生丰富而精彩。她说："做想做的事，什么时候开始都不算晚。"

和摩西奶奶相比，我完全可以从现在开始做自己喜欢的事，这个年纪也不算晚。把喜欢做的事一一列出来，在心中衡量，然后一笔笔划掉，最后只剩下写作与读书。

我是个内向的人，在学生时期就把写作当作树洞。常常把无法言语的心事收藏在日记里。那时我心思敏感，常常伤春悲秋，一场风雨、一句歌词或一瓣落花都能生出无限感慨。

如今而立之年，思想日趋成熟。在岁月的沉淀中，细细品察自己内心的成长，其中的不易和感动，唯有握在手中的笔和我的心最清楚明了。

除了写作，还可以读书。把一句句优美隽永、朴实无华的文字细细咀嚼，经由时间的升华，在心中化作一朵朵芬芳馥郁的花朵，随时让我踏上思绪的小径，在自己的十亩之间，行与子逝。

生活中用心地做好每一件事，哪怕是最平常的一顿早饭。把晶莹的米放在锅中认真淘洗，洗去每颗米的风尘，让它们以愉快的心情完成使命，然后我在微曦的晨光中慢慢地等。在等待的时间里用心感受一粒米如何沸腾成花，一锅粥如何香气四溢。盛上一碗，只稍一闻，那碗粥便是开启今日时光的钥匙了。

窝在一束阳光里，随着它走上桌子，椅子，甚至爬上墙角。什么都不做，任光线起伏，依心而动，让心灵在这一刻无欲无求，轻松自在。做自己想做的事，认真对待每一天。

四十岁了，才想如余秀华那样勇于写诗，勇于追爱，勇于在公众面前表现自己。她细腻而勇敢地活出了中年女性的模样。不人云亦云地跟风，不疯狂地网购，不没日没夜地追剧。我尝试每天读书写字，清心寡欲地生活，听一只鸟捎来远方的问候，看一阵风牵着白云漫步，从来没有像现在一样觉得世间如此美好。

不知不觉中，我已经习惯了这样的生活。泡上一壶菊花茶，放上一段空灵的古琴曲，新的一天迫不及待地开始了……

人生从什么时候开始都不晚，只要我们勇于追梦，不把自己活得浑浑噩噩，每个当下都是最好的时刻。

野菜物语

在这"阶下一茎绿，园中一抹红"的大好春光里，土地苏醒了，人们也蠢蠢欲动。

农妇们胳膊上挎着竹篮，篮子里装着把小锄头，三三两两结伴爬上山坡去寻野菜，还带着几个蹦蹦跳跳的孩子，她们一路上的欢歌笑语，把酣睡的青山叫醒了。葱绿色的小草偷偷地从泥土里探出头来，几声鸟鸣把春天衔来，顿时山坡上便热闹起来。

野蒜这个时候最是鲜嫩，农人习惯叫它"大头蒜"。它们多半是依形得名，长得和野草相似，根部却是一颗蒜头模样，这个蒜头是最招人喜爱的部分。野蒜从泥土里刚冒出头，眼尖的农妇，瞄到一抹绿色的影子，便跑过去用小锄头轻轻地刨开周边的土，顺着它们嫩黄的身体慢慢地拔起，一把鲜嫩的野蒜便随着新鲜的泥土气息破土而出了。细细的长茎，连接着白胖胖的蒜头，它刚冒出两瓣细细的草芽，草芽还没有半指长，却已经绿得可爱。

野蒜最喜在沙地里或土质松软的土地里落脚，果园里的大树下、沙土性质的红薯地里最常见到它们的身影。它们通常是一簇一簇生长在

168

一起，绝少看见一棵一棵分开长的。

妇女们采了野蒜，坐在阳光里，倒空竹篮，摘掉蒜苗上的零星腐叶，抖掉根须上的泥土，一把白白的小蒜便顶着细长嫩绿的叶子重新出现在篮子里。回到家里用清水洗过，洒上些盐巴腌制一夜，第二天就可以端上餐桌。它的口感清脆微辣，助消化，解油腻。如果嫌野蒜辣气过重，可焯过水后再腌制，也可以拌豆腐、炒鸡蛋，乡野里最正宗的吃法还是直接简单腌制，吃起来味道最纯正。

还有一种人们最爱吃的野菜叫"芨芨菜"，它的根须深扎在地，叶多，呈发散的花朵状，叶子似羽，其味略苦。多年前人们视它为乡间野草，近些年人们越来越喜爱它，它的药用价值很高，利水止血明目，味道又是野菜中最鲜美的，所以人们对它特别喜爱。

芨芨菜可做汤，可炒食，可洗净蘸酱。但是人们最喜欢用它包一顿芨芨菜饺子，直接焯水后，剁碎，辅以五花肉馅，包出的菜饺，既解了五花肉的油腻，又有野菜的清香，吃起来别有一番滋味！

苦与辣是野菜的本味，但是把它们与其他食材放在一起，都会保留独特的鲜美，味道简单直接就是它们的本性。

"晨烹山蔬美，午漱石泉洁。岂役七尺躯，事此肤寸舌。"古人喜欢野菜的美味，现代人更是如此。

过些日子，野菜会越来越多，灰菜、蒲公英、苋菜……小树下，田野里，小路旁到处都会有人们的身影。有很多久居城市的人也会开着车子，拿着铲子，带着袋子，到乡间来挖野菜。如果遇到当地人，他们都会热情地当起向导，指给城里人一片野菜最多的地方，甚至费尽心思帮忙挖满一袋子，简单朴实的个性正如野菜一般。

野菜的朴实确实是值得人们学习的，很多人爱吃野菜是为了在它鲜嫩时品尝苦涩的滋味，排一排血管里的毒素。除此之外，最应该趁机体会乡间的淳朴，把内心的烦躁排解，让心静下来，不要在意生活的纷纷扰扰。心中除去杂质，重拾朴实无华的生活，人生才会有意义。

又是一年春风至

四季的风各有千秋。春天的风是古人诗句里的美好意象；夏天的风是炎热气候的一抹清凉；秋天的风是七月流火的收获；冬天的风是冷冽的威严。这其中春风和秋风最讨人喜欢。秋风起丰收来，吹得瓜果庄稼变了模样，但晚秋的风不免硬朗。相比之下，春风里裹携着暖意，像刚入口的棉花糖，让人心情愉悦。

早春的风儿吹起，有微微的冷。顺着河堤走到下游，那里是河海的交汇处，严冬的时候结着厚厚的冰层，春风一吹，已经变成大块的浮冰漂在河面上。浮冰随风缓慢地移动着，一直漂进海水里。

几场东风吹过，天气越发暖了。迎春开放她黄色花朵，娉婷风姿引得其他花朵嫉妒。梨花不甘示弱，迫不及待地打着花骨朵。墙角的玉兰悄悄开放，亭亭玉立的气质傲然于世。几天不见，院子里一片美好春光。

"开海了。"

街面上三五个大汉高声讨论。他们都是渔民，每个人的脸庞都有海风常年侵袭的影子，经过一冬天的蛰伏，脸颊上多了油亮的光彩。天气渐暖，最高兴的非他们莫属。妇女们拉开渔网检查破损，一张张铺开的渔网在轻柔的风里倾听着女人们的欢声笑语。空气中弥漫着海的味道，被风一吹，慢慢晕散。

这几天的春风像个顽皮的孩子，撒了欢地玩乐，直到力气用尽。傍晚时分，风儿才蹑着脚绕过刚刚冒出鹅黄芽儿的垂柳，躲过梨树上的簇簇繁花，跳过菜圃里一畦一畦的春韭，来到广场上的一块平滑石板上，和衣小憩。四周静下来，夜空如黑色的幕布，眨眼的星星闪着余光，飘带般的云彩停住了脚步，沉沉睡去。

"噗噗噗"，赶潮的渔民启动车辆，在风清月朗的深夜，三三两两地向西移动，一会儿便没了踪迹……

第二天，集市上活跃起来，海鲜的摊位前讨价还价的声音让人感到朝气蓬勃。

春风有柔情似水的一面，也有冷酷无情的另一面。

当狂风大作时，行人最是苦不堪言。通常这时候行人很少，偶尔走来的几个人便成为一道别致的风景。女人用轻薄的纱巾遮住脸，围住头，靠在一起逆风而行。男人干脆别过脸去，任大风吹在身上，裸露的皮肤都躲起来，只留头发还在风中凌乱。顺着风走路的行人，步子还没迈开就已经被风吹跑。风吹得路旁的树抬不起头，不远处的旗帜也呼呼作响。

它着了魔似的想吞噬周遭的一切。吹得天空昏昏沉沉，不见一丝光亮。海面被吹起阵阵浪涛，翻滚的浪花像下山的猛虎。人们不禁心中疼惜那刚刚发芽的树木，开满枝干的繁花，不知会有几树杨柳折枝，不知会有多少春花零落……

风的脾气虽然古怪，诗人却对春风情有独钟。他们的笔下春风是温暖多情的，最爱白居易的诗句"春风先发苑中梅，樱杏桃梨次第开"，通俗易懂，无须粉饰。

春风，让人又爱又恨。爱它吹来桃红柳绿，山清水秀，绿了时光；恨它横生无妄之灾，飞扬跋扈，误了青春。

即使这样，人们还是眼巴巴地祈望春风带着希望而来……

野草的春天

冷冽的北风疯狂地扫过，院子里的枯草随风伏下身子，又在一阵和另一阵冷风的间隙中艰难地挺起伛偻的脊梁，风吹得枯萎的草叶沙沙作响，一声一声叩在心头……

看到窗外的这一幕，我的心随之冷却，此时的我不正如那棵棵野草吗？思绪在漫无目的地疯长，冬日的寒冷禁锢了火热的心，也许，需要有一团火，才会燃烧出夏日的温度。

一

这是我在去年冬日看到了窗外一景有感而发。很长时间，我常常感到自己的人生正如野草般毫无头绪地蔓延生长。

还记得少年时代的某个春天，一个夕阳将落的傍晚，我正收拾刚挖的野菜准备回家。一个骑着自行车、身穿白衬衫的中年人停靠在路边，和我打招呼，想看看我都挖到了什么宝贝。把篮子递给他时，他高兴地向我要一些，装在自行车后座的袋子里。袋子里有用报纸半裹着的几本书，看我一直在盯着书看，他便对我说："书不能送给你看，可以把这几张报纸送给你，其实你可以去书店看书。"

我把报纸拿回家，像宝贝似的看了几遍，就连中缝里的广告也不放过。那刻，我发现自己喜欢上了任何有文字的东西，"其实你可以去书店看书"这句话刻在我的脑海里。遥望着连绵的山峦，眼神顺着马路的方向爬过长长的坡路，直到什么也看不到。我没有去过外面的世界，据说那里有高楼，有汽车，还有书店……有时真希望自己是一棵棵野草，长着长着就看到不一样的世界。

第一次去书店是在我十二岁时，那天我们一行四人骑着自行车结伴去书店买《新华字典》。我们都很兴奋，骑上高大的老式自行车，飞似的踏上出村的马路。进入书店的那刻，一本本书诱惑着我的脚步，这本书想读读，那本书想看看，回到家里时已经接近黄昏。

第二次进书店是在读初中时，我的一篇文章参加了报纸上的征文比赛，获得优秀奖，礼品必须到现场领取。于是，在妈妈的陪同下进城。时间宽裕，我们乘机去了趟刚刚修缮好的书店。

那时家里生活拮据，我心中又抑制不住对书的渴望，软磨硬泡让妈妈给我买本书，在千挑万选中我买了本中英文版的《三个火枪手》，自此打开了外国文学的大门，《简·爱》《茶花女》《傲慢与偏见》不管是买的，还是借的，我都会虔诚地读一遍、两遍……

二

我常常感叹命运的不公，别人唾手可得的东西而我却要倾尽全力。比如求学。虽然我付出了自己的努力，却没有得到心中祈盼的结果。错过遥不可及的大学，我不得不选择谋生。

在打工的艰苦日子里，我没有放弃自己的目标，在辗转中报了汉语言文学的成人自考。除去工作时间十至十二小时外，那段时间里我发了疯似的啃书。可是现实总是那般无情，参加了三次考试后，只有三科成绩通过，我才发觉自己用了十二分的力量，却还是跟不上节奏，我无奈地把曾经珍视的书本弃于一隅。

日子在琐碎的时光中度过，偶有闲暇读一两本书，只是心中没有了当初的热情，更没有方向感，如随风飘摇的野草。

常常在漆黑的夜里，心灵深处找不到归属，低落的情绪不期而至。从前的多愁善感压抑在心底，呼吸都不那么顺畅。望着如墨般的夜空，孤独弥漫周身。

试着书写自己的情绪，往往灵感一闪而逝，写出的文字常会词不达意，年华老去，心也随之而散了……

三

缘分在无声无息间到来。在新年里，我冲破桎梏身心的牢笼，重新学习了写作课程。

其间我遇见了一个个有趣的灵魂，她们中有高起点的知识女性，有和我一样起点低的宝妈们。最励志的是一位身患脑瘫的姑娘，她对生活的思考淋漓尽致地体现在她的文字中，看她的文字，心中不再平静，忍不住一路向前冲。

与同频的人互相结伴而行，寂寞的灵魂碰撞在一起，激情四溢。浑浑噩噩的日子不再暮气沉沉，我每天阅读、积累忙得不亦乐乎，更加懂得紧紧握住手中的时间，让每一分、每一秒都生活得有意义这样朴素的道理。

文字于我，是人生路上的自我救赎，它扶我于低谷，立在暖阳下。

我跌跌撞撞行了一路，终于找到了方向，好像手中握着娇滴滴的一束鲜花，馨香扑鼻，心中甘之如饴。喜欢被文字修饰的自己，踏上征程时，我已不是原来的我……

好奇的清风跃进窗子，"沙沙"地翻动着手中的书页。我沉浸在小说里的情绪被打扰，蹙眉抬头，透过敞开的窗口望去。远山如黛，白云悠然，春风早已吹绿了芳草，鲜花娇艳，绿草青青。

院子里原本让人生厌的杂乱野草，已是葱绿一片，随风而动，仿佛摇摆着身躯，高兴地大喊："春天来了！"我扶栏而立，深深呼吸着春的气息，一切都刚刚好！

一片阳光

假期里，春天进入垂暮的状态。抓住春天的尾巴，窝在房间享受片刻安宁。在这晌午时分，阳光透过明亮的窗棂洒满房间。澄明的色泽停留在窗边的翠绿上：一盆金钱草，一盆绿萝。翠绿的叶子镶满光，薄薄的叶子脉络清晰，似冰种的翡翠亮得刺眼。那些没有光影垂怜的深绿色叶子，努力地伸着脑袋挤进光亮，这时一半是光影，一半依然深绿，凑在一起散发出热闹淋漓的美。那片绚烂的花不着痕迹地流动，我的目光甘愿追逐。

光影铺满书桌，爬在叠放的几本书上，慢慢落在盛着水的玻璃杯里，瞬间天花板上便盛满光的极致，一闪一闪荡着光的涟漪。走进温暖的阳光里，品尝安静的滋味。这一刻我感到久违的轻松，遂将思绪放逐……

十多年前生过一场大病。患病的那段时间如天空蒙了灰，透不进一丝光亮，即使站在阳光下，心中也冰冰冷冷，没有丝毫温度。病友们谈天论地，每到笑点他们放声大笑——那笑，怕是我永远无法企及的。

靠窗边的位置有一位老者，是爱笑又和蔼的朱阿姨，趁着病友们休息的空闲时间，她走到我的床前，轻柔地问："孩子，喜欢读书吗？如果喜欢，明天我叫家人给你带两本吧！"

"不用，朱阿姨，谢谢你了。"烦闷的心情让我对任何事情都提不起兴趣。

"那没事陪我出去走走，晒晒太阳吧！"朱阿姨是个热心人，我的拒绝没有浇灭她的热情。

"好吧！"我不忍心再拒绝她。

一路走在阳光下，我们有一搭没一搭地聊着家庭孩子事业，最后竟有些意犹未尽了。此后的日子里我和朱阿姨也越来越热络，直到朱阿姨出院的那天。临行时她送给我几句话："孩子，你应该转变现在的想法，有时候忧郁会让你越来越消沉，带来的后果非常严重。像我这样上了年纪，住院是常事，如果像你这样想问题，会病得更严重，老得也更快。遇事千万想开，没事到太阳下晒晒发霉的心啊！"

朱阿姨的话正如一抹阳光直射我的心间：人活一世，谁都希望拥有财富、事业、声望、子女、健康——可是欲壑难平。席勒说过，人生不过是一瞬间的事，死也是一刹那的事。

白驹过隙的人生，来匆匆去匆匆，欲望越多，心中越累，幸福快乐也感受不到。尘梦短促，那些于我们而言是带不走的身外之物，何必执着在意？

后来的日子里，每遇到愁苦都会想起朱阿姨的话。她的话语如阳光般柔和温暖，照亮我阴暗的人生路。而我也喜欢和有温度的人走在一起，同时也温暖着需要阳光的梦中人。

最近朋友遇到烦扰，本来热情开朗的人突然安静了，说话毫无逻辑，笑也是挤出生硬苦笑，整个人如行尸走肉。表面上痛苦的形式千差万别，追根溯源就是陷在固有的思维里找不到出口。我从家里把她拖出来，让她在阳光下走走，把心在阳光下晒晒，有句话说得好，"把你的脸迎向阳光，那就不会有阴影"。

所谓"浮生若梦，为欢几何"，别人的人生掌握不住，自己的世界可以选择。

平时你不在意的一句话，一本书，一首歌甚至一片阳光，在失意时都会是心灵的窗口。美好要自己寻觅，不是别人可以赠予的，留意观察生活，一草一木皆是风景，一言一语皆是春风，一光一影皆是人生。

透过玻璃看阳光洒满大地，穿过温暖的微风，深深浅浅凌乱于或弯或曲的树枝间，斑驳光影映在道路两边……

风从远方来

凌晨三点半，我从梦境中醒来。

刚刚，感觉有风温柔地拂过脸颊，然后我从梦中醒来。月光淡淡地照在身上，皎白宁静，仿佛时间静止了。生命一路逶迤，不知道吹过多少风来唤醒沉睡的自己，不知道收藏了多少打动心灵的瞬间，想着想着，便由着回忆在时光的经纬线中穿梭……

爬山虎

我喜欢爬山虎。以前的工作单位，出了门，在马路对面的高墙上，就攀爬着一墙绿油油的爬山虎。心情烦闷时，我常来到这里，望着茁壮成长的爬山虎出神，如同我们的第一次相见。

四奶奶家的新居围墙上就有这样一墙蓬勃的爬山虎。

她是我家多年的老邻居，一个爱花的人。那时我们的老房子低矮陈旧，院墙用大块石头垒成，一米多高，我不用垫脚，便把院子里的景物尽收眼底。

记忆深处，她家院子里有一棵枣树，其余是些寻常蔬菜，唯一不同的是院子里有花，那是一丛芍药花。芍药花一开，花香飘得老远，仿佛时间都醉倒在它的怀里。芍药花在我们这里并不常见，以前在书本中看过名字，自从四奶奶养了这花，才真正认识它。它在我心里，足可以媲美牡丹。

后来，四奶奶搬走了。有几次路过她的新居，四奶奶见了，总会叫我进去玩。院子里郁郁葱葱的，穿过狭长的红砖甬路，满园的蔬菜花草都铆足了劲，长得一棵比一棵翠绿，一朵花比一朵花鲜艳。四间宽敞的房子，明亮的玻璃在阳光下闪着光。春光明媚，照得院子更热闹了。

临走时，四奶奶把平时卖饼干积攒的碎渣收集在袋子里，让我们带走，并叮嘱我们过些日子再来拿。出了院子，看见院墙下发出了几枝瘦弱的藤，正往墙壁上爬去，几片零星的叶子不起眼地散落在藤上。这样的生命真令人担忧。

母亲把四奶奶送的东西收起来，允许我们每天用热水冲泡一杯。满满的一大杯，我们姐妹一会儿工夫就喝没了。我们常常望着那个空杯子埋怨，要是慢慢喝就好了，现在问我们那是什么味道，我们根本记不得。贫穷的日子，饼干渣对我们来说都是奢侈美味的。

过几天，再去四奶奶家里，她又给我们准备了一袋子。几天工夫不见，她家院外的爬藤已经长大。细细的藤占领了墙头，绿色的叶子，没有一点杂色，像排列整齐的士兵，朝着一个方向、一叶赛一叶地往上长，挨挨挤挤，一点不留缝隙。风一吹，像一阵阵浪涛从绿的世界里涌来。我很惊奇，让人担忧的生命怎么长得这样茂盛？四奶奶说："这小小的生命看着脆弱，实际生命力很强，这就是爬山虎的力量。"

秋天，在四奶奶家看到它时，那些翠绿的叶子渐渐变了颜色，从褚黄转成枫红，远远望去，那是一幕壮美且愈来愈浓的秋色。再后来，叶子渐渐稀落，冬天来了。

我喜欢看爬山虎，特别喜欢那生机益然的绿。它们把生命的力量发挥得淋漓尽致，那份无怨无悔的坚韧，让人学会在低谷中不向命运低头，尽情地燃烧生命，即使幻灭也无怨无悔。

常常看那半壁流泻的绿，看得入迷……

远方来客

那天放学回家，家里来了客人。

来人皮肤黝黑，身上穿着还算干净的白褂子，脚下穿着一双胶鞋，五官不出众，说着一口母亲家乡的方言。

我长这么大，母亲的家乡也来过不少人，除了找活做，还是找活做。我们这里是刚刚兴起的海滨小城，工作机会比他们内陆乡村要多些。时间久了，我自然端起高傲的架子，对他们没有亲近感。

我匆匆打了招呼，忙着写作业。说是写作业，其实不过是机械地完成老师布置的任务。我对学习一点兴趣都没有，那么枯燥的学习生活，真是无聊至极。通常，我会赶紧写完作业，窝在屋里读小说。

父母准备好晚饭，陪着客人喝起酒来。那人很豪迈，两杯酒喝下，话就多了起来。他听父亲说起我的学习情况，执意要写几句话鼓励我。

母亲连忙叫我拿本子和笔过来。我正读在兴头上，自然不情愿，随手拿了一个陈旧的日记本和一支铅笔。

他把酒杯推了推，腾出一块地方。翻开日记本的扉页，拿起铅笔，想了一会儿，刷刷地在本子上画了起来。

一会儿工夫，一幅别有意境的画出现在了眼前。茫茫江河中，有一叶孤舟在江中沉浮。舟上两人，一人孑然而立，一人摇橹而行。远景是群山万壑，近景是亭台水榭。笔法利落，人物的神情惟妙惟肖，如果纸张再大些，他还能发挥得更好，只可惜，日记本局限了他的笔。

这时我才注意他的手。那双手很干枯，像开裂的树皮，没有温润的光泽，可是却很有力，那几个遒劲有力的字"直挂云帆济沧海"证明了这点。

我震惊了，这个看似平平无奇的人颠覆了我的认知。他分明就是个农家汉子，一介布衣，没想到还有这样的绝活。我对他另眼看待，开始询问他绘画和写字的窍门。他咧开嘴笑："好好学，多多练。"这话从一个过来人嘴里轻飘飘地说出来，有种扎心的感觉。

他说了自己的经历。原来，他家里没钱供他读书，小学毕业就回家务农了。但他爱学习，看人家字写得好，常常把他们丢弃的作业本捡回来，偷偷地练。这些年他去过不少地方打工，有时为了挣钱，会工作到很晚，吃住的地方很随便。即使在这样恶劣的环境中，他都没有放弃学习，环境不允许，他就在心里写。

他离开后，我捧着那个日记本开始不停地练字。白天写，晚上写，只要有时间我就提笔练习，他已经在我心中种下了执念。

渐渐地，我的字有了形状，课堂笔记干净工整，老师也不吝啬对我的夸赞，同学们看着我的眼神有了敬佩的光芒。我开始在乎学习，保持好奇心，学习成绩在稳步地提升中。

直到今天，我还在享受自己的优势。如果当初没有他的激励，我很有可能还在浑浑噩噩地混日子。每当想起这些，我都在心底默默地感激远方的他。

我们成长的道路，不是一朝一夕走完。谁不是过五关斩六将？一路驰骋，收集起生命的点滴，才成就如此充盈的内心。外界的一花一木，一人一物，都是力量的源泉，正如风过山谷，必会留下痕迹。我们收获满满，而他们已走远……

风从远方来，自得清凉。

母爱为壳

很多软体动物都有一个坚硬的壳，既能保持自己柔软的身躯，又有坚硬的壳做盾牌，不害怕外界的攻击。我们在母亲身上仿佛就能看到这种特质，她们处理事情，既能温柔以对，又能持盾杀敌。

常去市场买海鲜，相熟的摊主是女人。年纪很轻，但是面相很老成，岁月已经在那张不施粉黛的脸上刻上了痕迹。她身材已经走样，腰间系着防水围裙，脚下穿一双水靴，说话嗓门特别大。她常周旋在卖家买家之间，用彪悍的性格征服了同行。

一次偶然的相遇，我发现了她柔情的一面。

陪孩子去旅行，正巧她也陪着孩子出行，我们同坐一辆旅游大巴。其间她对孩子柔声细语地说话，与平时我认识的她判若两人。见我有些惊奇，她便抽空为我讲述了自己的过往，其中最难的还是她开始经营海鲜。那时有同行见她是个弱女子，总是有意欺负她，刚开始她一直忍让，结果忍让并没有换来同行的适可而止，反倒让他们更猖狂了，忍无可忍的她终于豁出去了，拿着把杀鱼刀就冲了过去……从那以后，没有人再敢欺负她。

一个女人，从何时起背起了生活的壳，想追根溯源，却已经在生活的琐事中寻不清缘由。原本只是娇滴滴的小女子，当孩子出生后，角色变成了母亲。这突然的转变，让她已经记不清有多少次面对混乱的场面时，自己手足无措，心里纷乱如麻。也记不清有多少次自己强撑着娇弱的内心，去处理突发状况。在一地鸡毛的生活中，一次次重创，一次次成长。

我清楚地记得，有一次，我在加班，晚上七点多钟就接到丈夫的电话，说遇到紧急情况需要去处理，暂时把孩子留在家中。我放下手中的事情，急忙赶回家。

打开房门，橘黄色的灯还在亮着，屋子里静悄悄的。卧室里，六岁的女儿已经窝在被子旁睡着了，身旁摆放着饼干和画具，她的小手和床单上沾满画笔的油彩，小小的鼻尖上也留下一道画笔的印迹，晚饭丈夫还没来得及煮，孩子吃着饼干入睡，嘴角还残留着饼干屑。

我轻轻地清理孩子的物品，又做了简单的晚餐填饱肚子。回想孩子那可怜的睡姿，无力感顿时充斥着周身，我的心里一紧，眼眶微红。已经不是第一次遇到这种无奈的情况，一直觉得，生活的重压下理应有母亲肩负的责任。可是每遇到压力，心情还是会沉甸甸的，彼时的心像突然见了风，被高高地吹起，够不到天空，沉不进心底，忽悠悠荡在半空，好似流浪的孩子找不到回家的路，焦急地憋红了脸庞，哽咽的声音嘤嘤而出。突然心疼起自己，心疼起所有的女人。

今天在公交车上遇见一对母女。母亲很年轻，手中提着一只袋子，女孩两三岁。当时车上已无空位，她只能倚靠在妈妈的身上。

车行驶大约五分钟，女孩有些困顿，纠缠住妈妈。那位年轻的妈妈因为手中有重物，只能任由孩子摇着自己的胳膊。小女孩的脸挂满了泪花，年轻的妈妈满头大汗，却手足无措。汽车到站了，母女俩相依下了车，透过窗户，我看见那位年轻的妈妈弯起腰一只手抱起了女儿，另一只手仍然拎着袋子……

女人啊，曾经是需要呵护的一朵花，曾经有一颗脆弱易碎的心，曾经有烂漫天真的期许，却在岁月的百般刁难中，不得不渐渐长大。特别是做了母亲之后，躲在角落里厉兵秣马，随时准备冲进生活的战场。这身坚硬的壳是否合体？女人不知道，只知道硬壳不管多重，都要穿在身上，因为她已经不是一个人。

唯见山青

汽车飞驰在路上，玻璃上映着城市的剪影，熟悉的街道已经远离了我们。和朋友约好享受自然，今日成行，逃似的奔出城市，直奔山间。

没有目的地，随心而行。

出了公路，驶上乡间小路，一会儿工夫便到了村子尽头。那里青山围着小小的山谷，一条小路穿过山谷直上山顶。

顺路而行，一座石桥横在车前。桥下是流溪石罅，淙淙而响。越往前行，水中石罅越有特色，石桥下是碎石，上游又是平坦的石板。溪水从上游涌动而下，经过平坦的石板，再流入石罅，这段溪水抱石的缓流就像大自然用轻柔的手弹奏的一曲慢节奏的乐声，回味悠长。

卸下心灵的重负，忍不住想走上石板，和溪水来个亲密接触。看溪水抚上双脚，肌肤顿时如儿时婆婆唱起的摇篮曲般温柔，熨帖疲劳的内心。

山谷深处，坐落着一座道观，四五个殿阁散于谷中，看似杂乱，实则有章可循。

大殿坐落在两山之间，背靠西山，面朝东山，山与山之间有小河从山脚流过。此处的小河聚集成一泓水塘，平静的河面映着青山的影子，静谧而富有生机。

潭底青苔翠绿，随河水涌动而起舞，时而如柳条般婀娜，时而如落絮般沉静。水清见底，鱼儿在水中的身影一览无余，有些在水中闭目不动，孤单的样子像修禅的老僧；有些浮游于水面，听外界有声响，便如受惊的鸟雀，钻入水中没了身影。它们或动或静，正如画师笔下怡然自得其乐融融的画卷。

一位身着玄色道服的女道士，帮忙办理入观事宜。忽听蟋蟀或是蛐蛐一阵啼鸣，声音悠扬动听，似玉女奏响了琵琶，清脆之音散落入耳，久久不能平息。不禁感慨："这蛐蛐的叫声都比城里的声音好听多了。"女道士哑然失笑："我们只知道山青了山枯了，倒忘了蛐蛐儿的叫声。"

原来如此，于我们而言，山野间处处是美景。于她们而言，日子过得简单，每天日出而作，日落而息，山绿便是春，山枯便是秋，山白便是冬。日子久了，便忘记了年月，灵魂早已与山间草木合二为一了。

望见前面搭的一座凉棚，棚下有躺椅，棚上有鸟笼，而笼中无鸟。见此情景，不禁哑然失笑，哪里还需要笼子装鸟，此时山间的鸟不都是自己的吗？"始知锁向金笼听，不及林间自在啼。"这林间的鸟啼总比得上笼中鸟。不如就等这一粒粒鸟鸣落下来，在山间啾鸣婉转，高低起伏，如五色祥云踏浪而来的盛况，热闹非凡。那时的百啭千声就是在这岑寂的秋山中奏响只此青绿的赞歌。

沿路听鸟鸣，赏垂柳。几棵山核桃树挺立在路边，阳光穿过浓密的叶子，洒了一地的斑驳。"啪嗒"一声响，忙低头去寻，只见其声，不见其影，猜想定是早熟的核桃急着落地，可是松软的泥土里却不见半点痕迹，像是清晨的浓雾被阳光一照，便隐遁得无边无形了。

鸟继续在唱，水继续在流，我们继续向前走，想一直走入山谷的深处，甘愿做山间樵夫，上山伐薪，下水摸鱼，哪里还管它世间纷扰？活在山中，只管山色青与黄，足矣。

带着梦想去旅行

　　薄薄的夜色涌上来，月儿清泠，照进我的心中，仿佛月光流入心底的溪涧，翻起点点水花，打湿了一帘幽静的梦。模糊的梦境重叠起来渐渐清晰，染着银光，在暮色中清醒。

　　这样的梦啊，是我藏了多年的种子。

　　我等春风拂来，万物复苏，找一块温湿的土壤，犁田耕地，把梦的种子播种。让泥土埋住梦的胚芽，闭关修炼，吸收泥土之实，感悟生命之华后，悄悄地发出芽。

　　梦的嫩芽在茫茫天地间，饮风噙露。有风轻柔而来，抚过单薄的嫩芽，热泪盈出，不知不觉洒在瘦弱的青春上。朝露滴上芽片，自成一派芳华，哪怕曦光微褪，露珠已无影，梦的芽仍自在安详。雨洗后的大地，四野清澈，几场风雨后，梦想的禾苗越发粗壮，秋后，结出累累硕果，收割一地的成熟。

　　我会把梦安放在一朵云中，让它随着风儿去云游，看嵯峨危峰，看大河东流。世上的景物千变万化，偶逢朝云暮雨，常遇暮光银河，飘飘洒洒，星星点点，点亮着人间。

梦遍寻世间美好，品吟万物灵气。在山高水长中，跟随行脚僧的步履，种一路莲花，安静膜拜，在尘世里步步生花，虔诚地流转。

把梦藏在一片叶子里，心念随着它轮回。一朝春水涌，一夕夏意浓，一拢秋风瘦，一把冬雪迎，时光清浅，带着梦想去旅行。

随溪而流，烟雨行舟，在雾中落座，在雨中撑伞，路过一山又一山，流过一水又一水。蘸着山水，铺满征途，在山川中研磨，在绿水中写意。

春来，蒲公英盛开，让梦随一朵花去流浪，在新鲜的草丛中打盹，在绽放的迎春上驻足。她抚摸母亲的皱纹，熨平心中的忧伤。蜷进孩子们的酒窝，感受兴奋的源泉。可游荡在天空，收集一个个故事，整理成册。

夏末，寂静的夜晚，我带着梦安睡在一颗星星上。梦里有山水万程，醒来有星月耀目。展一片月色，缀上心愿，折成一串串梦的纸鹤，挂在最亮的星星上，给每间屋、每扇窗、每个人送上甜蜜的梦。

倘若遇到寒天，我和梦可在秋风中冥想，在冬雪时禅修。也许秋风会打翻单薄的身躯，伤痕刻上脉络；也许飞雪掩埋了往事，一寸一寸不再想起。莫慌，莫怕，风雪后阳光照常升起，人生继续前行。

风雪是苍天的恩赐，坎坷是修行的顽石。

在梦的旅行中，经过风霜雨雪，历尽沧桑磨难后，回归到最初的老屋。

当我携梦而归，推开时光的门扉，满目葳蕤，立在简陋的茅檐下，曦光微微，蜻蜓展着翅膀，停在一朵槿花上，翠绿的叶片有露水闪闪发着光……

摒弃纷扰，做一个安静的人

年少时羡慕那些喜欢表达自己的人，他们一出场，便能赢得众人关注的目光。

我也尝试去表达自己，可是往往词不达意，或是已说出心中想法，却如蚊蝇之音并没人重视，最后常常是他们争论得面红耳赤，而我落寞地离开。于是被迫成了一个沉默安静的人，并以"沉默是金"来安慰自己。

可随着年龄渐长，越来越喜欢独处时的安静。不去喧闹的地方打卡，不做无谓的社交，不再想参与那些无谓的话题，只喜欢静静地做自己喜欢的事。

有时独坐案前，焚上一炉香，展开宣纸，在安静的氛围里书写撇捺人生。抑或冲泡一壶金骏眉，在茶的世界里看人生浮沉。

做一个安静的人，让心中自有乾坤。

人间嘈杂，太多浮躁的人，他们浮于名利，噪于欲望，常常在觥筹交错的酒杯中忘记自己的初衷，在光鲜靓丽的名利场中迷失方向，在酒醉中迷迷糊糊地度过一天又一天。

他们追求最好的高品质生活，可是生活中并没有最好，只有更好，于是在更好的世界中把自己活成了陀螺。最后有一天突然顿悟，原来从前声色犬马的生活，众星捧月般的日子不过是过眼云烟。

我们自身的光芒从来都不是别人给的，也不是物质生活赋予的，而是在不断的学习和修行中获得的。有了内在的加持，不需要别人的迎合奉承，也不需要别人的谄媚讨好，即使身边没人吹捧附和，我们也不会觉得寂寞，因为我们已经是内心丰富、自有乾坤的人。

做一个安静的人，遇见最好的自己。

每日在尘世间打拼，在看不见的战场中折戟沉沙，不知在这样的日子里会不会觉得累呢？当夜晚来临，月上柳梢，不妨静静地想想：生活的方向在哪里？人生的意义是什么？

真正读懂了生活，我们会明白：向外攀缘不过是表象，向内求索才是正途。

斩断欲望，割舍名利，安于一隅，沉淀内心。让自己的内心宽阔如海，格局犹如山川大地。面对世间纷繁复杂的变化，以不变的内心来应对千变万化的风云。

静下心来提升自己，在俗世间围屏筑篱，在纷乱中修炼内心，活出自己最好的模样。

做一个安静的人，让灵性在身体里复活。

很多人在按部就班的生活中急行，心渐渐麻木，失去了灵敏的感觉，不再懂得花草树木的美好，不再有泣不成声的感动，生活失去趣味，人生没有方向。

其实可以试试在闲时读一本书，让心在书中苏醒。随古人走一走千年前的古道，和农人在田间一起唱和，与诗人在山中一同行吟。回望历史，瞻仰未来，在书中的日月里，做沉静的自己。

或种一亩田，在泥土中修身养性。不是学魏晋风骨，不羡慕陶潜归田，只想在一把黑土中唤起沉睡的灵魂，懂得草木人生。在一棵草的成长中，在一朵花的开合里感悟人生起落。

　　做一个安静的人，不是抛弃生活，而是为了懂得生命的真谛。在生命中不错过每一个感动的瞬间，用力地爱每一个人，用心地走好每一步，不论花开或叶落，只顾向前走去。

树的姿态

　　山崖上，立着一棵槐树，其貌不扬，树叶稀少。有风吹过，树叶沙沙，如一缕明亮的光线流泻在苍穹之下，融入漆黑的魅夜。

　　我抬头痴痴地仰望，不知不觉望进了树的生命。

　　当春风吹响号角，槐树的根须便在黑暗中苏醒。它们是春归的信使，拨动土地的每一寸肌肤；它们是复活的触角，撩起大地深处的每一处细胞；它们是新鲜的生命，唤醒休养生息的每一个生灵。

　　草木渐次抬头，苍老的树木恢复青春。舒展的枝条风情万种地晃着枝丫，在大好春光里尽情地挥洒着重生的喜悦。

　　春雨是从天而降的福祉，一路奔波，一路欢歌。路过新鲜的草叶，抚过干裂的树痕，所到之处，万物热烈回应。最后，汇聚在山间，收起雨点的姿态，栖息在槐树的脚下。

　　槐树的外衣斑驳脱落，那是风雪在青春的生命中留下的一道道足迹。如今它在春雨的滋润下焕发着新的容颜，享受着天空的恩赐。

　　习习凉风吹着槐树，绿叶已浓，时间在绿色的光阴中迷失。

暮春五月，它的密叶间抽出千枝花苞，宛如轻挽绿袖露出雪白肌肤的少女。不消两日，它们热热闹闹地开放，像枝头落满的千堆雪，在绿的世界里灼人眼目。

夏天还没有完全侵占人间时，槐花已经华丽落幕了，一树叽叽喳喳的鸟鸣在树枝的庇护下自由而歌。

暴风雨来了，阴云笼罩着天空，凶猛的闪电劈向大树，瞬间它如无家可归的醉汉，东摇西晃，站也站不稳。它的根须拼命地抓牢山顶的每寸岩土，挣扎着挺直胸膛，它使出全身的力量，用以柔克刚的姿态与暴风雨博弈……

零星的岩石跌落到山下，槐树已筋疲力尽，雷电把伸出的枝干劈落在地，落叶铺满了脚下。风儿吹乱瘫软的枝条，仿佛是疲劳的大地在山川丘陵间弹奏着失弦的音调。

夜空云淡星稀，澹烟缕缕，空气中蒙上一层薄薄的纱。秋虫在角落中吱吱拉着长调，倾诉着夜晚的寂寞。

月亮渐渐升起，绿草野花在氤氲中安心睡去。月亮拉长了树影，斑驳着沉睡的土地。

过了不久，露水悄悄打湿树木的衣裳，在叶面凝结成珠，晶莹剔透，镌刻着世界安静纯净的模样。

太阳升起时，秋露已褪。山坡上的果树结满硕果，金黄的平原迎接农人的笑颜。野菊花迎风唱着欢乐的赞歌，肥沃的土地见证丰收的美好，秋天的光阴在大地上落笔成诗。

槐叶渐渐变黄，好似蝴蝶落地。一瞬间，它仿佛听到大地的声息，没有遗憾，没有怨言，洒脱地伫立在凛冽的风雪中。

白雪飘过它的身躯，覆盖上树的枝丫，一点一点侵上它的脚踝。它是垂首闭目的禅者，静静地听麻雀飞过的声音，安心地作麻雀们栖身的巢穴，在别人的生命中度过自己的年轮。

它在等待下一场欢歌笑语，年年岁岁，生生不息。

黑白之境

喜欢看传统国画，尤其是山水画。北派山水画中或峰峦叠嶂、气象浑厚，或烟林清旷、飞瀑流泉，多气势磅礴。南派山水画则草木茂盛，烟云氤氲，多温婉秀丽。画作虽分南北，意境却同样深远，余味悠长。

那日，看过一幅画，顿觉走进古诗《江雪》中。只见茫茫天地，千峰万嶂，山崖冰瀑，一片雪白。飞鸟无踪，小径无影，举目一色。只一老翁，独坐孤舟，垂钓江中。此刻雪已覆满江面，老者悠然，不知是钓鱼还是钓雪？

还未细细观赏，只看一眼雪，便觉周身冷冽，人不觉间入了画境。轻飘飘，如雪花一朵，覆上无人的雪径，也可落入老翁的蓑衣斗笠，还可以飘去湖中看千朵万朵的雪归处。想到此，我亦如清雪般幽静。

而老翁隐入蓑笠，唯留半身玄衣未被素雪埋没。这一抹黑，落在莽莽的银白中，如万亩花中一点绿，如悠悠琴中一声笛。如此意境，像树下老僧闭目冥想，风过身侧，斗转星移，一睁眼，老树枯黄，人间不知更几秋。

世间最纯美的配色莫过于此，简简单单的黑与白，是千帆过尽后的沉静，是江湖两相忘的洒脱。当浪过海面、风吹人间奏起华章，三山五岳、万里河山岿然不动，而黑与白依然是冬日之纯粹，万色之灵魂。

曾游九华，刚入徽境，目光便随青瓦白墙的房舍流转，看着荷塘边劳作的农人，心里顿生艳羡。上山安顿下来，便急急地游览一番。

雨洗后的天气适合慢慢走，随处逛。山中险峰古刹，奇花妙石繁多，却勾不起我的兴致，偏偏喜欢倚在高处的栏杆，看微雨薄烟中的素墙黛瓦，和倒映在放生池水波里的百年光辉。

那一面面白墙，未施粉黛，隐于烟雨中，如邻家小妹倚门回首，冲你娇羞一笑。似听一缕断断续续的弦音，左右寻之，却见不到半点踪迹。或浓或淡，或隐或现，不知经过了几千年的风雨，依然恬淡安静。

游百岁宫，偶遇一只黄毛小猫。它正坐于路间，安静地、自顾自地以爪洗面。周围是往来不绝的游人，而此路不过三五人宽，它仍安然端坐，仿佛与身边的千年古刹一起坐了一个世纪，然于它而言，或许只是弹指一挥间。

这一动一静，仿若参透了世间哲理，置身事外便是静，身处其中已是动。而这一黑一白，已掌管了万物灵气，洗涤人间的烟火气息，回归到安静沉稳的世界。

常常在一首古诗里，与诗人遨游沧海，笑看桑田，或是耕田锄犁，坐观流云。或选一处恬淡之境，如张岱的《湖心亭看雪》，"天与云与山与水，上下一白。湖上影子，惟长堤一痕、湖心亭一点，与余舟一芥、舟中人两三粒而已。"我可作其中一粒，端坐雪舟，与古人煮雪烹茶，唱诗和曲，在莽原银色中泰然处之，观雪飘窗，听雪落声……

今晨，梦醒，天幕拉开。青瓦的屋，干枯的树，冷清的路都落了厚厚的雪。当天光驱散阴霾，看天地一色，心境豁然开朗，如迷途遇溪水，潺潺流水熨平了一身劳累，心之开阔，大抵与忽逢桃花林相同。

偶尔，早起的人两三个，闯入雪白的世界，正是画中的黑白之境。素色雪，玄色衣，此刻善绘人间山水的画师已绘好心中意境，坐等懂画的人细细品评。

　　阳光照在雪上，于我是明亮刺目，于日光雪影则是花草相依般融洽，宛如林中鸟鸣般美好。在这纯粹素雅的黑白世界里，稀光淡影，密林留音，这样的日子，再美好不过了。

晚开的槐

今夜的风真的很大，我耳朵里充斥着树木枝叶的抱怨声："这恼人的风婆子，把我美丽的头发都吹乱了，我头发上的花呀！"

"就是，我看她是妒忌我们生得漂亮美丽，存心和我们过不去。"

"哎呀呀，先别抱怨了，捂住自己的头发别被风又吹飞了。"

我忍不住提醒她们："先别说那么多话，保护自己最重要。"可是我的声音太小了，小的只有我自己才能听到。那唯唯诺诺的声音刚说出口，就被风婆婆吹散了。

我知道，就算同伴们听到我说的话，也会阴阳怪气地嘲讽我。我不怪她们，谁叫我是一个格格不入的异类呢？……

我越想越伤心，眼泪止不住往下流，哭声也越来越大，来吧来吧，趁着今夜的狂风，让我尽情地发泄心中堆积已久的郁结吧！

我是一棵槐，我的周围都是和我一样的槐树，不同的是她们都开满了洁白如雪的花朵，阳光下熠熠生辉，空气中弥漫着她们散发的醉人花香……

而我什么都没有，除了单调的、光秃秃的绿叶。

还记得春天刚来的时候，同伴们都发芽了，我的身体还是没有任何变化。"快点发芽，快点发芽。"每天我都在心中默念无数遍，终于在我期盼了三十一天零一个上午后，我的身体出现了点点芽苞。

我真的太高兴了。随着风儿翩翩起舞，不觉间竟睡着了。恍惚之中看见许多彩蝶绕着我飞翔，带我一起飞到满是花草的奇妙世界，那里异香扑鼻……

在花香中我睁开了眼，"这是梦吗？"我环顾左右。原来花香来自周围的同伴，她们开花了，串串花儿像美丽的蝴蝶，洁白中带着点滴鹅黄。不仅颜色诱人，那香气也撩人心脾。我看得双眼发呆，此刻她们的美丽惊艳了我。我对离我最近的槐树说："你们开的花真漂亮，香气四溢，这才是美丽的模样啊！"

旁边的槐正在兴头上，听见我说的话，风情万种地回我："是呀，我也没想到自己这么美丽。"她原本说话就嗲声嗲气，这回更是清风细雨，妩媚动人了。其他槐树也随声附和，莺莺燕燕地说说笑笑。突然，有人问我："你怎么还没开花呀？这样很奇怪。"

我怔住了，瞬间闭上了微笑的嘴巴，脑里一片空白，自动忽略了周围人们的议论。从此，我郁郁寡欢。

看见太阳，我会问："太阳伯伯，我什么时候能开花？"他总是说："别急，孩子，时间到了你会开花的，你现在要好好地长大。"

遇到清风，我也会问："风婆婆，你把我也吹开花吧！"她说："孩子，你再等一等吧！"

有蝴蝶飞过，我会问："蝴蝶妹妹，我想开花。"蝴蝶轻声安慰我："姐姐，你别急，你一定会开花的。"

夜晚，抬眼看星："星星弟弟，你们多好，那么多星星在一起。"

"姐姐，你别担心，我们都在陪着你。"星星眨着眼，我的心中温暖，眼里充满希望。

在同伴的质疑声中，我兀自成长，不听，不看，不说。

身体一点一点发生变化。我看到自己长出了一小串花苞，我兴奋极了，三天三夜没有睡觉，总怕那是美妙的虚像，一闭眼就会不见了。更害怕那是七彩的气泡，手一戳就飞散了。

还好，花苞还在，一切都是我喜欢的模样。

有一天，我绽放开了梦想的花朵，随风飞舞，兴奋地自言自语："我开花了，我开花了……"看着天空中的白云在我眼前晃来晃去，我高兴地一阵眩晕。蝴蝶兴冲冲地飞来："姐姐，恭喜你！"

"亲爱的，我终于开花了，你可以绕着我飞舞了。"我高声大喊，想告诉太阳，想告诉风儿，想告诉全世界。

在我生长的时候，同伴们在一天天地颓废——花儿残落，风一吹，片片如雪的花瓣飘落在地。有些花瓣周围蜷曲起来，像将死的尺蠖虫，瞪着狰狞的眼痛苦地扭曲着身体。花儿痛苦不堪，同伴们也万分苦恼——曾经那个灿烂辉煌的自己不见了。

突然我害怕夜晚来临，希望永远停留在白天，这样我就是女主角，光芒四射，谁也剥夺不了我的光彩。可是终究抵不过夜晚，它还是准时到来了。

我闷闷不乐，无精打采地垂着头。月亮女神看见我，轻柔地询问。我眼含热泪，一股脑儿把所有的担忧和盘托出。女神耐心听完，朝我莞尔一笑："这个真不是问题啊。你看我，时而像圆盘，时而像小船，时而还消失几天，可我还是我。周而复始地循环，从来没有抱怨和担忧。负责看管夜晚，这是我的使命。你的使命是开出花朵，生动着春天。时光在任何时间雕刻出的都是最完美的你，而你只需坦然接受。"

"是吗？那我岂不是自寻烦恼？"

"相信我，相信自己，经此轮回，明年又会出现一个灿烂的你。"

于是⋯⋯

我摇曳在缥缈晨光中。

外甥女参加高考后，提心吊胆地度过等待成绩的日子，所以此文送给在困境中彷徨犹豫的孩子们。人生没有一帆风顺的道路，总要在经历磨难后成长。所以，鼓起勇气，勇敢向前，去拥抱每一次未知的挑战吧！